ein Ullstein Buch

Vom selben Autor
in der Reihe der
Ullstein Bücher

Stimmen im leeren Zimmer (1712)

Ullstein Buch Nr. 1724
im Verlag Ullstein GmbH,
Frankfurt/M – Berlin – Wien
Titel der englischen
Originalausgabe:
Ash the Rattlesnake
Übersetzt von
Ute Tanner

Erstmals in deutscher Sprache

im Verlag Ullstein GmbH,
Frankfurt/M – Berlin – Wien

Umschlagfoto: Photo
Media, New York
Printed in Germany 1975
Gesamtherstellung:
Ebner, Ulm
ISBN 3 548 11724 4

Philip Loraine

Geh und frag die Klapperschlange

Kriminalroman

ein Ullstein Buch

1

Das Kind war jetzt ziemlich sicher, daß der Mann ihm folgte. Wie so oft an den Stränden Südkaliforniens, hatte sich ein kalter Nordwind erhoben und die breite Sandfläche von Malibu leergefegt wie mit einem Reisigbesen. Fanatische Wellenreiter, hastig wiedervereinte Familien, Liebespaare im Clinch, wassertretende Damen mit Krampfadern, sie alle flüchteten in Richtung Santa Monica, und das Kind blieb allein, den kalten Sand zwischen den Zehen, allein mit dem Mann, der ihm folgte.

An dem leergefegten Strand wäre er aufgefallen, deshalb hatte er sich auf die höhergelegene Straße zurückgezogen und hielt jetzt dort mit dem Kind Schritt; es warf ihm gelegentlich aus dem Augenwinkel einen Blick zu, wenn er zwischen den Villen oder Apartmenthäusern mit dem berühmten Blick aufs Meer auftauchte.

Das Kind war elf Jahre alt und hieß Joanne Christina Kenny, und nur wer ganz genau hinsah, erkannte, daß aus dem Kind eines Tages wahrscheinlich ein sehr schönes Mädchen werden würde. Sie selbst hatte es darauf angelegt, ihren Mitmenschen diese Erkenntnis so schwer wie möglich zu machen. Zu diesem Zweck trug sie ausgebeulte Jeans und darüber ein weites Hemd, das erfolgreich jede Andeutung von Hüften oder Taille versteckte. Das Gesicht war weich und kindlich, aber sie hatte außergewöhnlich schöne, strahlendblaue Augen, denen nichts entging, was sich um sie herum abspielte. Weil sie aber keinen Wert darauf legte, daß ihr die dummen Erwachsenen bis in die Seele blicken könnten, und weil sie um keinen Preis auffallen wollte, hatte sie es sich angewöhnt, eine riesige Sonnenbrille mit blau getönten Gläsern zu tragen. Ihre Großmutter, bei der sie aufwuchs, begann jede Ermahnung oder ernsthafte Unterhaltung mit den Worten: »Um Himmels willen, nimm dieses schreckliche Ding von der Nase!«

Das Mädchen blieb stehen und starrte ein höchst uninteressantes Stück Seetang an. Hatte es eigentlich Angst, weil ein Mann mit Bart es verfolgte? Im Gegenteil – er brachte ein bißchen Pep in den langweiligen Tag am Strand. Nur schade, daß er einen Bart trug. Vielleicht war er sogar hübsch. Joanne Christina hatte eine Schwäche für hübsche Männer. Sie hätte den Tag viel lieber in der Wüste verbracht, aber niemand hatte sich bereitgefunden, mit ihr hinzufahren. Das gehörte zu den Ärgernissen des Lebens, wenn man erst elf war: Man war völlig von den Erwachsenen abhängig, sobald man mal irgendwohin wollte. Dabei war Joanne Christina – was die Erwachsenen allerdings nicht ahnten – sehr viel beweglicher als die meisten Kinder ihres Alters. Wenn man es geschickt anstellte, fanden sich immer Mittel und Wege, an sein Ziel zu kommen . . .

Wo war der Mann jetzt? Sie sah ihn halb verborgen hinter einer Gruppe von Wellenreitern, die ihre Geräte in einem Volkswagenbus verstauten.

War es möglich, daß man ihr planmäßig den Weg in die Wüste verbaute? Erwachsene waren manchmal ausgesprochen gemein und hatten keinerlei Hemmungen, Taktiken anzuwenden, die sie bei einem Kind lautstark in Grund und Boden verdammt hätten. Ihrer Großmutter war es durchaus zuzutrauen, ein bißchen herumzuschnüffeln, wenn es ihr in den Kram paßte. War es denkbar, daß sie das große Gurkenglas mit den Löchern im Deckel entdeckt und seinen Bestimmungszweck erraten hatte? Wußte sie, daß in diesem Behältnis die Klapperschlange wohnen sollte, falls es Joanne Christina gelang, sie zu fangen? Ausgeschlossen; das Glas konnte ja zum Beispiel auch für – ja, für Schmetterlinge bestimmt sein. Ihre Großmutter war ganz schön auf Draht, das mußte der Neid ihr lassen, aber Hellsehen konnte sie zum Glück noch nicht.

Der Mann war verschwunden. Vielleicht bildete sie sich das alles auch nur ein. Aber die Vorstellung war entschieden verlockend. Er würde sie kidnappen, eine Million Dollar Lösegeld von Großmama Virginia verlangen und sich natürlich einen Korb holen. Zack! Dann würde er seinem Opfer ein Ohr abschneiden und es in den Upper Canyon Circle Nummer 234 schicken. Großmama würde einen Schreikrampf kriegen und ohnmächtig dem nächstbesten, gutaussehenden Mann in die Arme sinken (und das in ihrem Alter!). Zahlen würde sie trotzdem nicht, obgleich sie sich eine lächerliche Million leichter abschminken konnte als ihr kunstvolles Make-up. Daraufhin würde der Bartmensch ihr auch noch das andere Ohr abschneiden, oder vielleicht eine ihrer . . .

Sie blieb stehen und betrachtete zweifelnd ihre flache Brust. Dann hopste sie ein paarmal hoch. Nur beim Hopsen gab es überhaupt Anzeichen, daß da möglicherweise irgendwann mal ein Busen wachsen würde. Irgendwas wackelte unter dem Hemd, aber wenn sie sich dann auszog und sich im Spiegel betrachtete, war rein gar nichts zu sehen.

Sie bückte sich und schaute zwischen den Beinen hindurch auf die Straße. Das Haar fiel ihr in die Augen, und die Superbrille rutschte bedrohlich. Trotzdem hatte sie gesehen, daß der Mann sie immer noch beobachtete. Als sie sich aufrichtete, verschwand er wieder.

Ein sehr nasser und magerer Hund mit traurigem Gesicht, der in einem Tanghaufen herumgeschnüffelt hatte, betrachtete sie zweifelnd. Dann wedelte er höflich. »Ne«, sagte Chris. Der Hund, der in ihr einen Einzelgänger und damit eine verwandte Seele erkannte, griff sich mit der Schnauze ein Stück Treibholz und legte es ihr zu Füßen. Das Kind hob es auf und schleuderte es mit aller Kraft ins Meer hinaus. Der Hund rannte hinterher, ließ einen Brecher nahe herankommen und tauchte dann geschickt darunter hinweg.

Chris wandte sich um. Sie erkannte die Sandkuhle mit der Nackenstütze an einem Ende sofort wieder. Von hier aus hatte sie vor ein paar Stunden ihre Wanderung begonnen, während Leo sich hingebungsvoll in der Sonne röstete. Leo war Großmutters neuester ständiger Begleiter, nicht besser und nicht sehr viel schlechter als die anderen. (»Liebling, willst du dich nicht in deinen schönen neuen Wagen schwingen und schnell mal mit Chrissilein an den Strand fahren?« Leo, der seinen gar nicht mal unansehnlichen Corpus ebenso erfolgreich am heimischen Swimming-pool hätte rösten können, hatte Chrissilein mit einem unfreundlichen Blick bedacht, sie aber trotzdem in seinen Mercedes geladen. Es blieb ihm, dachte Chris, wohl nichts anderes übrig, denn Großmama mußte bei der wundersamen Verwandlung seines alten Kombi in dieses glänzende, weiße Statussymbol ihre Hand im Spiel gehabt haben.) Zumindest war er aber vernünftig genug gewesen, die deutlich zur Schau getragene Feindseligkeit und Verachtung der kleinen Chris ernstzunehmen. Einige seiner Vorgänger hatten sich in jovialer Onkelhaftigkeit versucht – mit katastrophalem Erfolg. Sie sah von Leos leerem Rastplatz hinüber zum *Golden Merlin,* wo sie sich treffen wollten.

Inzwischen hatte der Hund den Knüppel brav apportiert. Der Bartmensch war nicht mehr zu sehen. Vielleicht stand er im Parkplatz vom *Golden Merlin*? Der Hund schüttelte sich heftig und durchnäßte sie bis auf die Haut. Für ihren Auftritt in dieser Pinte voll ausgeflippter Erwachsener paßte ihr das prima in den Kram.

Chris hatte mit sich gewettet, daß dem guten Leo mindestens eine dieser vollbusigen Jet-Set-Puppen am Hals hängen würde. Sie wurde nicht enttäuscht. Hätte er sich noch schneller losgemacht, wäre die Dame bestimmt hart gefallen. Offenbar hatte er noch nicht kapiert, daß sie nicht petzte, obgleich sie Großmamas Männergeschichten stets gespannt und erheitert verfolgte. Joanne Christina, ungekämmt, nicht sehr sauber und elf

Jahre alt, schickte sich genüßlich an, den Damen in der Bar den einzigen passabel aussehenden Mann abspenstig zu machen.

Die Kleine mag Freund Leo nicht. Warum? Leo versucht, sich anzubiedern. Die Kleine geht vor ihm her, steigt in den Mercedes, knallt die Tür zu. Wumm! Leo sauer, möchte sie am liebsten rausschmeißen. Nein, hat es sich anders überlegt.

Mann, ist das ein Teufelsbraten! Sieht ihn an wie einen Mistkäfer. Ist er wahrscheinlich auch. Die Kleine kann gefährlich sein. Merke: gefährlich!

Leo steigt ein. Kavalierstart, um bei zwei Puppen Eindruck zu schinden. Mindestens vierzig, benimmt sich aber wie ein Supertwen. Leo ist schlapp. Überprüfen: Ist Leo schlapp? Oder tut er nur so? Leo überprüfen.

Der Mann mit Bart, der in dem klapprigen Chevrolet-Kombi saß, schaltete den kleinen Kassettenrecorder aus und beobachtete den weißen Mercedes, der über den Pacific Coast Highway zur Kreuzung Sunset Boulevard brauste. Hätte Chris den Bartmenschen in die Kategorie »hübsche Männer« eingereiht? Schwer zu sagen. Bart und Haare waren lang, goldblond mit ein paar grauen Strähnen. Unter dem Schnurrbart war der Mund kaum zu sehen. Blieben Augen und Nase. Die Nase war gerade und kühn, die Augen unter dichten buschigen Augenbrauen waren braun und tränten.

Diese verdammten Kontaktlinsen! Würde er sich nie daran gewöhnen? Waren sie tatsächlich das Beste, was er für sein gutes Geld verlangen konnte, oder hatte der Strolch in Portland ihn reingelegt? Er beugte sich weit vor, so daß kein Passant ihn sehen konnte, und nahm die Kontaktlinsen mit geschicktem Griff heraus. Wer ihm jetzt in die Augen hätte sehen können, hätte festgestellt, daß sie grau waren, stahlgrau wie das Meer, das vor ihm lag.

Er tupfte sich mit einem Papiertaschentuch die Tränen aus den Augenwinkeln, saß eine Weile sehr nachdenklich da und schaltete dann wieder den kleinen Recorder an: »Die Kleine hat mich gesehen. Dumm von mir, wäre nicht nötig gewesen. Ist das wichtig? Sorgfältig überprüfen: Schadet es etwas, daß die Kleine mich gesehen hat? Entfernung niemals weniger als hundert Meter gegen sinkende Sonne. Ist die Brille nur Modegag, oder ist sie kurzsichtig? Überprüfen.«

Die Schmerzen kamen wieder, zogen peinigend von der Kopfwunde zum Hinterkopf. War er noch immer ein kranker Mann? War er vielleicht nicht normal? Ach was – er mußte jetzt endlich handeln, das war alles. Der Countdown mußte beginnen. Bald. Wenn er erst einmal soweit war, gab es kein Zurück mehr. Danach – o Gott, ihm war übel, körperlich übel, aber das war der Preis für seine fixe Idee. Auch sein eigener, persönlicher Preis für jenen verdammten Krieg, den es eigentlich gar nicht gegeben hatte, den Krieg, der keinen Anfang und kein Ende und kein Ziel hatte.

Er parkte an der gewohnten Stelle auf dem Mulholland Drive. Schnell nahm er die Kassette aus dem Recorder und schob sie in das Stirnband seiner Buschkappe. Dann setzte er den Hut wieder auf und versteckte den Kassettenrecorder unter dem Fahrersitz. Unter dem Beifahrersitz holte er die schmutzige alte Leinentasche hervor, in der Fernglas, Nachschlagewerke und sein Skizzenblock ihren Platz hatten. Er stieg aus und ging an die Böschung, wo ein knapper Meter verdorrtes Gras ihn von dem steilen Abhang trennte, und setzte sich an seinen Stammplatz.

Möglich, daß gegen Viertel sieben der Streifenwagen vorbeikam. Auf alle Fälle schlug er in seinem Skizzenblock eine neue Seite auf, griff sich den Wälzer »Vögel des westlichen Amerika« und machte eine rasche, aber durchaus passable Kopie der Abbildung des »Gilmore-Falken, der, bereits fast ausgestorben, jetzt erfreulicherweise wieder in den Vorbergen der Sierra Nevada gesichtet wird«.

Die Polizisten hatten ein paarmal angehalten, aber nachdem er sich ausgewiesen hatte, waren sie zufrieden gewesen. Vermutlich war es ihnen egal, ob dieser freundliche Sonderling nun tatsächlich nur zeichnete oder aber eine der schicken Villen im Tal von Beverley Hills beobachtete. In und um Los Angeles hatte die Polizei andere Sorgen.

Es war ein guter Beobachtungsposten. Wenn er sein Fernglas um ein paar Zentimeter hob, konnte er über dem Hügel, der den größten Teil des Goldwater Canyon verdeckte, das obere Ende des Upper Canyon Circle und die ganze Gartenfront von Nummer 234 sehen, den Zugang zu den Garagen, den Swimming-pool und ein Stück der Auffahrt.

An diesem Abend saßen auf der Terrasse drei Frauen und zwei Männer. Leo war nicht in Sicht. Wahrscheinlich steckte er noch irgendwo im Haus und machte Toilette. Auch Chris fehlte, aber die verzichtete ohnehin meist auf diese Abendgesellschaften. Großmama Virginia Kenny lag auf einer weißen Gartenliege, direkt vor seinem Fernglas. Der Bartmensch betrachtete sie zum tausendstenmal in angestrengter Konzentration.

Er fand, daß sie heute besonders gut aussah. Sie wirkte wie Anfang Vierzig. Sie erzählte irgendeine amüsante Geschichte. Während ihre Gäste lachten, verzog sie keine Miene. Es war, das hatte er schon herausbekommen, eine Angewohnheit von ihr, sich abzuwenden, wenn andere über das lachten, was sie gesagt hatte, fast als bereue sie es schon, überhaupt den Mund aufgemacht zu haben. Dann sagte sie wieder etwas. Er sehnte sich danach, mit einem Verlangen, das ihm fast körperlich weh tat, zu wissen, was sie gesagt hatte.

»Cass hat ihm vergeben«, sagte sie, »aber *ich* werde ihm nie verzeihen.«

Einer der Männer gab zurück: »Der gute Cass konnte niemandem lange böse sein.«

Virginia Kenny hatte noch immer den Kopf abgewandt. Wie schön wäre es, dachte sie, wenn man diesen Schmarotzern jetzt an den Kopf werfen könnte: »Ja, der gute Cass konnte niemandem lange böse sein, nicht einmal euch Halunken, als ihr keinen Finger gerührt habt, um ihm zu helfen. Auch eine ganz kleine, jede Nebenrolle hätte es getan, und es hätte euch alle nur ein Lächeln gekostet, sie ihm zu besorgen. Damals wart ihr alle groß. Ein Lächeln ... Gegrinst habt ihr, ausgelacht habt ihr ihn.«

Sie betrachtete die einst berühmten Gesichter ihrer Gäste mit leisem Spott. Während Leo und ihre Enkelin am Strand gewesen waren, hatte sie den Tag im Schönheitssalon verbracht. Sie wußte, daß sie gut aussah. Hochgewachsen, langbeinig, eine amerikanische Blondine, deren größter Kummer es einmal gewesen war, nicht hübsch zu sein. Jetzt war sie froh darüber. Hübsch ist eine Frau nur kurze Zeit. Das sah sie nur zu deutlich an den Gesichtern ihrer weiblichen Gäste, die früher ein großes Publikum angehimmelt hatte.

Wie immer ließ der Gedanke an ihren Mann, den sie so geliebt hatte, alle anderen Menschen klein und unbedeutend erscheinen. Warum war sie eigentlich zurückgekommen? Warum hatte sie dieses Haus mit seiner kalten Pracht gekauft? Warum war sie nicht in Europa geblieben, wo alle, weil sie Cass geliebt hatten, auch sie liebten? Sie hatte einfach nicht den Mut gehabt, es dort allein durchzustehen. Auf Schritt und Tritt wäre sie den vertrauten Gesichtern, Lokalen, Gebäuden, Landschaften und Gerüchen begegnet, und jede Erinnerung hätte die Wunde wieder aufbrechen lassen.

Das war jetzt zehn – nein, zwölf Jahre her. Vor zwölf Jahren hatte sie ihren Mann und ihren Sohn verloren. War sie eine

Rabenmutter?

Warum schmerzte der Verlust von Cass sie noch immer mehr als der Verlust ihres einzigen Kindes? Wehrte sich nach so langer Zeit immer noch etwas in ihr zu glauben, daß er wirklich tot war?

»Mir hat er in ›Geheime Spiele‹ besser gefallen.« Sie hätte diese Partyplaudereien im Schlaf weiterführen können.

Volle Gewißheit hätte sie gehabt, wenn man ihren Sohn offiziell als gefallen gemeldet hätte. In der Mitteilung hatte aber nur gestanden: »Vermißt, vermutlich gefallen.« Und dann war da noch dieser Brief gewesen . . .

Sie hörte Leos Schritte. Weshalb, überlegte sie bedrückt, brauchte sie eigentlich noch immer Männer? Oder – brauchte sie überhaupt noch Männer? Sie gab sich einen Ruck. Reiß dich zusammen, Virginia, sonst verdirbst du deinen Gästen noch den Abend. Sie lächelte Leo an und sagte: »Leo kennt ihr ja alle.«

Die anderen unterbrachen ihren Klatsch einen Augenblick und bedachten Leo mit einem Blick oder einem Gruß, der zwischen ihrer Privatmeinung über ihn und dem gebührenden Respekt vor ihrer Gastgeberin sorgfältig ausbalanciert werden mußte. Ja, sie kannten Leo. Ein Hauch von Resignation ging über die Terrasse wie eine leichte Brise. In ihrer Welt hatte es in all den Jahren so viele Leos auf so vielen Terrassen gegeben . . .

»Liebling!« Sie streckte ihm die Hand hin. Er nahm sie erleichtert und setzte sich neben sie. »Erzähl mir, wie es heute am Strand war. Hat Chris wieder was Schreckliches angestellt?«

Es wurde jetzt dunkel. Der Bärtige konnte durch sein Fernglas kaum noch etwas erkennen. Die Augen taten ihm schon weh von der Anstrengung. Vor über einer Stunde war der Streifenwagen vorbeigerollt. Einer der Polizisten hatte die Hand zum Gruß erhoben, er hatte zurückgewinkt. Er war zu einem Teil der Landschaft geworden. So war es richtig.

Bewegung auf der Terrasse, die jetzt in sanftes Licht getaucht war, ließ ihn das Fernglas wieder heben. Man stand auf. Chris war erschienen, in derselben Kluft wie am Strand. Neben so viel lässiger, aber kostspieliger Eleganz sah sie aus wie ein Mistkäfer zwischen Schmetterlingen. Auf eine Frage ihrer Großmutter schüttelte sie entschlossen den Kopf.

Welches Restaurant würde es sein? Er mußte raten, und er mußte richtig raten. Am Freitag war viel los in Los Angeles, sie würden sich also etwas Exklusives aussuchen. Nicht so exklusiv wie bei *Riccardo,* wo man nur hineinkam, wenn der Chef einen kannte und mochte. Das war den Samstagen vorbehalten, da kam gar nichts anderes in Frage. *La Bonne Table* vielleicht, oder *Scotty's?* Nein, für *Scotty's* waren sie nicht angezogen.

La Cappella? Viel zu laut an einem Freitag. *Young's?* Möglich ... Nein. *Angelique!* Es war wie eine Erleuchtung.

Einen Augenblick blieb er zitternd am Rand des Mulholland Drive stehen und konnte sich nicht rühren. Dann ging er schwankend zum Wagen, stieg ein und fuhr langsam zur Kreuzung Goldwater Canyon.

Er wartete, bis der Wagen – heute abend war der Rolls dran – aus der steilen Auffahrt kam und die Straße hinunterfuhr. Er folgte brav wie ein Lamm, das zur Schlachtbank geführt wird. Sein Tip war falsch gewesen. Sie fuhren nicht zu *Angelique,* sondern zu *Young's.*

Macht doch nichts, predigte er sich. Ist doch piepegal, wo sie heute mampfen ...

Aber es machte eben doch etwas. Er hatte sich geirrt, und er konnte sich keinen Irrtum leisten, auch nicht in der kleinsten Einzelheit.

2

In den ersten drei Monaten hatte er in einem kleinen, billigen Apartment gewohnt. Aber selbst das kleinste und billigste Apartment hat noch einen privaten Anstrich, hat Nachbarn, die neugierig oder hilfsbereit oder einsam sind oder einen Bettgefährten brauchen. Plötzlich ist man einbezogen in eine kleine menschliche Gemeinschaft, und gerade das konnte er sich nicht leisten. Deshalb war er jetzt auf Motels umgestiegen. Es gibt nichts weniger Nachbarliches als ein billiges Motel in Los Angeles, und weder mit Neugier noch mit Hilfsbereitschaft brauchte er hier zu rechnen. In diesen anonymen Herbergen blieb er eine Nacht oder eine Woche, je nach Atmosphäre oder Laune. Es gab so viele Motels dieser Sorte in der Stadt, daß er achtzigmal wechseln konnte, ohne zweimal in demselben zu wohnen.

Fünf Wochen nach seiner Niederlage, das *Angelique* betreffend, war er im *Valley View Moter Hotel* gelandet.

Es war ein erfolgreicher Tag gewesen. Er hatte einen Besuch in dem Maklerbüro hinter sich, das vor etwa acht Jahren Upper Canyon Circle Nummer 234 an Virginia Kenny verkauft hatte. Mrs. Rhinehart, die das Geschäft damals abgeschlossen hatte, war noch immer eine sehr aktive Teilhaberin in diesem Maklerbüro und möglicherweise die smarteste der zahlreichen smarten Damen, die sich in Los Angeles um Grundstücksgeschäfte kümmern, was schon etwas heißen will.

Sein Name, bedeutete er Mrs. Rhinehart, sei Frank McNair, und er habe die Absicht, sich ein kleines Haus irgendwo in den Bergen zu bauen. Halb schüchtern, halb lässig – diese Masche beherrschte er inzwischen perfekt – deutete er an, Geld spiele keine Rolle. Mrs. Rhinehart sollte ihn nicht an irgendeinen unwissenden Junior weiterreichen.

Nach einer Stunde und drei Hausbesichtigungen saß er mit Mrs. Rhinehart noch bei einer Tasse Kaffee zusammen und plauderte mit der Dame über dies und das. Nach zwei Stunden trennten sie sich, nachdem er versprochen hatte, es sich zu überlegen und morgen wiederzukommen. Er war um zahlreiche ihm bisher unbekannte Fakten reicher geworden. Denn Mrs. Rhinehart hatte nicht nur Upper Canyon Circle Nummer 234 an Virginia Kenny verkauft, sondern sie hatte vor vielen Jahren, fast noch als junges Mädchen, für das Ehepaar Kenny das große Haus in Bel Air veräußert, jenen für einen Star vom Kaliber eines Cass Kenny so standesgemäßen Wohnsitz. Das war 1950 gewesen, als das Ehepaar praktisch mittellos Hollywood verlassen hatte.

Während er jetzt ruhelos in seinem schäbigen Zimmer im *Valley View* auf und ab ging, begriff er, daß mit Mrs. Olga Rhinehart eine neue Phase seines Plans begonnen hatte. Ein sicherer Instinkt sagte ihm, daß es jetzt nur noch vorwärtsgehen konnte. War Selbstvertrauen ein Instinkt? Vielleicht . . .

Er blieb stehen, tief in Gedanken versunken, gleichsam in sich hineinhorchend. Dann ging er zu einem Wandschrank, schloß ihn auf, nahm einen billigen neuen Koffer heraus, legte ihn aufs Bett und öffnete ihn. Dem Koffer entnahm er eine Box, die er auf den einzigen halbwegs brauchbaren Tisch im Zimmer stellte, und holte ein Medaillon an einer Kette heraus. In die kleine Goldplatte war ein geheimnisvolles, orientalisch wirkendes Auge eingraviert.

Weiter holte er aus der Schachtel ein Schulheft, ein nicht einmal billiges Heft mit gutem Papier, das aber schon recht abgegriffen aussah. Diese Kladde legte er auf den Tisch, zog sich einen Stuhl heran, knipste die Lampe an und begann zu lesen.

Cass Kenny, nur noch ein paar Schritte vom großen Starruhm entfernt, hatte Virginia May Werner im *Burly Burger*

Beanhouse kennengelernt, wo sie als Kellnerin arbeitete. Man schrieb das Jahr 1939. Er war vierunddreißig, sie zwanzig.

Das Studio war nicht gerade glücklich über die neue Freundin des Stars, aber die von den Filmbossen abgesegnete erste Ehe war so katastrophal verlaufen, daß man nicht gut protestieren konnte. Zu allem Überfluß meldete sich gerade jetzt Cass freiwillig zur Luftwaffe, ohne dies der Publicity-Abteilung kundzutun, die infolgedessen um ein Foto von dem großen patriotischen Augenblick kam. (Der Verantwortliche für dieses Versäumnis wurde auf der Stelle gefeuert.)

Immerhin – der Tatbestand »Leinwandheld heiratet kleine Kellnerin« ließ sich ausbauen. Und da Cass der erste Prominente war, der dem Vaterland seine Dienste zur Verfügung stellte, krempelte die Publicity-Abteilung die Ärmel hoch und machte sich an die Arbeit.

Später hieß es, die PR-Fritzen hätten die Hochzeit glänzend hochgejubelt. Tatsache war, daß die Hochzeit trotz und nicht wegen ihrer Bemühungen ein Erfolg war. Denn die Verliebtheit von Cass und Virginia war echt, und das Publikum, das zu Tausenden aufkreuzte, um das glückliche Paar zu sehen, war gerührt, weil ein Leinwandstar in Uniform eine kleine Kellnerin heiratete, die noch nicht einmal hübsch war. Außerdem mußten die Herren hinter den Kulissen sehr bald konsterniert feststellen, daß Cass Kenny nicht als Publicity-Gag zur Luftwaffe gegangen war, sondern um gegen die Feinde seines Vaterlands zu kämpfen.

Natürlich war, was dann kam, seine eigene Schuld. Wenn er auch nur die leiseste Absicht hatte, später einmal seine Karriere fortzusetzen, hätte er wissen müssen, daß die großen Studios jener schon fast legendären Ära nachtragend wie Elefanten waren. In den Fotos aus jenen Tagen sah man Kenny und Virginia als zwei hochgewachsene, ein wenig schlaksige junge Leute. Sehr amerikanisch wirkten sie, diese beiden, mit ihrem klaren, sauberen Lächeln, ihrer gesunden, sonnengebräunten Haut und ihrer unverhüllten Verliebtheit.

Die Virginia jener Zeit hätte stellvertretend für all jene jungen Ehefrauen stehen können, die allein mit ihren Kindern und ihrer Kriegsarbeit zurückblieben. Jeff war 1940 durch Kaiserschnitt zur Welt gekommen – sie würde keine weiteren Kinder mehr haben können.

Der Bärtige, wie Chris ihn nannte, hatte sich sechzehn Fotos der Familie zu beschaffen gewußt. 1943: Cass auf Urlaub, im Rang eines Majors, achtunddreißig Jahre alt. Die Falten um

Augen und Mundwinkel verrieten Erschöpfung. Es war das Gesicht einer bewußten, starken Persönlichkeit, und doch noch immer mit einer Spur jener Jungenhaftigkeit, die bei amerikanischen Männern so hinreißend wirkt, sofern sie nicht versuchen, Kapital daraus zu schlagen. Virginia mit ihren vierundzwanzig Jahren schien unverändert. Klein-Jeff stolperte sorglos durch sein drittes Lebensjahr.

1945: Cass war verwundet worden. Sein Bein stak noch in Gips. Er würde für den Rest seines Lebens leicht hinken. Er war vierzig, mager und sehnig, ein Mann, der den Tod gesehen und Schmerzen durchlitten hatte. Virginia hatte sich mit ihren sechsundzwanzig Jahren äußerlich noch nicht verändert, aber sie war jetzt eine Frau, die zu ihrem Mann aufsah, kein junges Mädchen mehr. Das Lächeln war nachdenklich. Vielleicht wußte sie schon, wie die Studiobosse ihn begrüßen würden. Im Vordergrund stand Klein-Jeff, ein Indianerhäuptling in Kriegsbemalung. Hinter ihnen, wie ein beredtes Mahnmal all dessen, was Cass Kenny dann aufgeben mußte, sah man das Haus in Bel Air, spanischer Stil, zwölf Schlafzimmer, zwei Swimmingpools, zwei Tennisplätze, japanischer Garten und Orangenhain.

1948: Das Foto erzählte die Geschichte dreier Jahre. Cass war noch immer hager und sehnig, aber auch bitter geworden. Die Falten hatten sich vertieft. Das machte nicht nur die Bitterkeit, sondern auch der Alkohol. Virginia, fünfzehn Jahre jünger und keine Trinkerin, hatte mehr körperliche Widerstandskraft aufzuweisen, aber auch sie war wesentlich verändert. Die Zeit, jene unberechenbare Größe, hatte eins ihrer kleinen Wunder vollbracht: Virginia Kenny war fast eine Schönheit geworden. Sie bewachte ihren verbitterten Mann und ihren achtjährigen Sohn wie eine Löwin. Schlechte Zeiten waren für die Familie angebrochen, das Strandhaus hinter ihnen hatte ihnen ein Freund geborgt.

Der Mann mit dem Bart betrachtete dieses Bild lange. Dann legte er es beiseite und vertiefte sich wieder in seine Notizen.

Sie erzählten ihm in dürren Sätzen, wie Cass Kenny, nachdem seine Verwundung schließlich ausgeheilt war, sich wieder zurückgemeldet hatte, nur um gesagt zu bekommen – nein, *gesagt* wurde ihm überhaupt nichts, das wäre viel zu direkt gewesen –, nur um allmählich, sehr langsam, in zermürbendem Warten, festzustellen, daß niemand die Absicht hatte, ihm je wieder eine Rolle zu geben.

Da war er also, ein zäher, beharrlicher, geschlagener Verlierer mit dem Lächeln eines ratlosen Kindes. Und auf der anderen Seite des Atlantiks warteten Millionen von Menschen auf einen bestimmten Leinwandtyp, auf einen zähen, beharrlichen, geschlagenen Verlierer mit dem Lächeln eines ratlosen Kindes. Sie wußten es nicht, diese Millionen. Auch Cass wußte es nicht, und erst recht nicht das alte, sich an seine morsche Vergangenheit klammernde Hollywood. Aber Piero Gaetano Larosso wußte es, sobald er das Gesicht jenes Mannes gesehen hatte. Mit sanfter Gewalt machte er Virginia zu seiner Bundesgenossin.

Es kostete viele Szenen und Tage verstockten Schweigens und viele Flaschen Bourbon, bis Cass Kenny sich unter Protest nach Rom und durch die Portale der Filmstudios von Cinecitta und ins Rampenlicht der Filmgeschichte schleifen ließ.

Sehr bald hatten es die Kennys zu einem Haus in der Schweiz, einem Palazzo-Apartment in Rom und einem Feriensitz auf Ibiza gebracht, das damals noch einfach und unverdorben war. Cass war zweiundfünfzig, wirkte aber, nachdem er den Bourbon aufgegeben hatte, mehrere Jahre jünger. Virginia war siebenunddreißig und hatte fasziniert festgestellt, daß man in Europa nicht hübsch, ja nicht einmal schön zu sein brauchte, wenn man nur Geschmack hatte. Den hatte sie schon immer besessen, und da sie jetzt auch Geld genug hatte, um sich ihre Kleider von den besten Couturiers schneidern zu lassen, begannen die Kameraverschlüsse zu klicken, sooft sie sich in der Öffentlichkeit sehen ließ. Sie galt als eine der interessantesten Frauen Europas.

Bei Jeff lagen die Dinge problematischer. Die diversen amerikanischen Schulen, die er in Europa besucht hatte, waren nicht in der Lage gewesen, ihm auch nur ein Minimum an Bildung zu vermitteln. Da er nicht sprachbegabt war, hatte er auch von den vielen Reisen, die er mit seinen Eltern gemacht hatte, wenig Nutzen. Mit fünfzehn, fast schon zu spät, wurde er auf eine Spezialschule in England geschickt – in ein Land, das er haßte, das aber seine Eltern, wie so viele Amerikaner, heiß und innig liebten. Obgleich auch dort der Leistungsdruck nicht sehr groß war, brachten es einige Schüler, unter ihnen auch Jeff, zu ganz passablen Zensuren. Zumindest stand ihm nun der Weg an die Uni in Los Angeles offen.

Inzwischen hatte sein Vater die Italo-Western für immer an den Nagel gehängt und arbeitete mit einem kommerziell höchst erfolgreichen, aber sehr intellektuellen jungen französischen Filmemacher zusammen.

Für Cass hatte sich der Kreis geschlossen. Eine neue Generation von Hollywoodproduzenten bat ihn auf den Knien, bei ihnen einzusteigen, während die Alten, die ihn hinausgeworfen hatten (soweit sie noch lebten oder im Geschäft waren), im Chor ihre Ergebenheit bekundeten. Immerhin waren die cleveren jungen Männer ihre Kapitalanlage, sie arbeiteten mit ihrem Geld. Aber die alten Studiobosse waren nicht die einzigen, die über ein Elefantengedächtnis verfügten. Nicht einer von denen, die Cass Kenny in seiner schwersten Zeit hatten hängenlassen, verdiente jetzt auch nur einen Cent an ihm. Sie mußten zusehen, wie andere mit ihm das große Geld machten.

Cass und Virginia genossen die Rückkehr in jene Stadt, in der sie sich kennen- und liebengelernt hatten, aber sie genossen auch – das war nur menschlich – die Schau, die sie nach ihrer Ankunft abzogen. Sie lehnten es ab, ein Haus zu mieten oder sonst irgendwo seßhaft zu werden, sondern blieben im Hotel wohnen, mit nie ganz ausgepackten Koffern, als könnte es ihnen jeden Augenblick einfallen, weiterzuziehen.

Aber schon wurden die Schatten länger. Das Jahrzehnt des Erfolgs und des Glücks war vorbei, und die sechziger Jahre, das Jahrzehnt der Gewalt, forderte auch von ihnen seinen Tribut.

Der Mann mit dem Bart stand unvermittelt auf. Sein Heft und seine Fotos, all die Fakten, die er so viele hundert Male gelesen hatte, machten ihn plötzlich rasend. Er brauchte das alles nicht mehr. Mit jedem Wort, das er gelesen hatte, waren Selbstvertrauen und Gewißheit in ihm gewachsen; sie hatten von ihm Besitz ergriffen, bis er zu ersticken meinte vor Ungeduld.

Er ging in das schäbige Badezimmer, knipste das zu grelle Licht an und betrachtete sich aufmerksam im Spiegel.

Jetzt war also der Augenblick gekommen, ungerufen, wie er es gehofft hatte. Er sah sich in die stahlgrauen Augen, fuhr mit einem Finger über die buschigen, ein wenig zu buschigen Augenbrauen und das dichte, goldbraune Haar.

Ja, es wurde Zeit für den Countdown. Der Mann mit dem Bart stieg in den Kombi und fuhr zwei Blocks bis zu der Tankstelle an der Ecke. Er rief United Airlines an und buchte unter dem Namen Petersen einen Flug um 9 Uhr 15 nach Denver in Colorado. Dann telefonierte er mit American Airlines und buchte den Rückflug Denver–Los Angeles am nächsten Morgen unter dem Namen White, James White.

Im nächsten Supermarkt kaufte er ein halbes Brathähnchen, Tomaten, Brot, Butter, Käse, Äpfel und Bier. Er fuhr zurück zum *Valley View* und schloß sich in seinem Zimmer ein.

Aus dem Schrank nahm er einen zweiten, teuren Koffer und

legte ihn neben seinen schäbigen Bruder aufs Bett. Dann teilte er seine gesamte Habe in zwei Häufchen, so daß es nach einer Weile so aussah, als sei das Zimmer von zwei Männern bewohnt, einem armseligen, wurzellosen Herumtreiber, der Jeans, ausgefranste Jacken und Buschkappen trug, und einem Jungmanager, der schicke Diskotheken zu besuchen pflegte und sich mit lässig-elegantem Schick kleidete. Diese schizophrene Persönlichkeitsteilung machte er sehr gründlich. Nichts, nicht einmal eine Zahnbürste, wanderte von dem einen auf den anderen Stoß. Nur das zerlesene Heft, die Fotos und das goldene Medaillon an der Kette fanden einen Platz in dem teuren Lederkoffer, unter dem Reisenecessaire, in dem der Jungmanager sein Rasierzeug, After Shave und dergleichen verwahrte.

Das Sortieren kostete Zeit. Inzwischen war es dunkel geworden, und der Hunger meldete sich. Er aß, was er im Supermarkt erstanden hatte, und trank einen Schluck Bier dazu. Dann zählte er sein Geld. Wenn er aus Denver zurück war, belief sich seine Barschaft nur noch auf 1875 Dollar. Es reichte nicht. Viel Zeit würde er damit nicht kaufen können.

Er steckte sein Geld weg und ging ins Badezimmer. Er hatte sich einen Haarschneidekamm gekauft. Ob er wohl damit zurechtkam? Sein Haar hatte er ziemlich lang wachsen lassen, so daß er einen ganz vernünftigen, glatten Schnitt zustandebrachte, der bestimmt bei ihm nicht auffallen würde. Wenn es aussah, als könnte er einen Friseurbesuch vertragen – um so besser.

Jetzt kam der Bart an die Reihe.

Er stand eine ganze Weile regungslos vor seinem Spiegelbild, den Rasierapparat in der Hand. Sein Herz pochte heftig, die schlecht verheilte Wunde begann zu klopfen, der Schmerz schlich sich in seinen Hinterkopf. Gar nicht darum kümmern, befahl er sich, und doch wußte er, daß er vor dem letzten, entscheidenden Schritt stand, und daß der Schmerz ein Signal war. Wenn er wollte, konnte er noch zurück.

Die Unentschlossenheit dauerte nur ein paar Sekunden. Sein Herzschlag beruhigte sich, die Verspannung des Kiefers ließ nach, der Schmerz verging.

Ohne Bart war sein Gesicht völlig verändert. Es wirkte jünger und energischer. Er berührte die Narbe. Sie zog sich vom linken Ohr über die Wange. Frauen fanden sie attraktiv. Er war ziemlich sicher, daß es ihm nicht allzu schwer fallen würde, das Mädchen, das richtige Mädchen, aufzugabeln.

Seit langem schon hatte er sich gegen die Versuchungen und Ängste gewappnet, die ihn jetzt überfielen. Er konnte sie ignorieren. Er fegte die Haare zusammen und spülte sie durch die Toilette, trank noch einen Schluck Bier, putzte sich die Zähne, schluckte zwei Schlaftabletten und ging zu Bett.

Virginia Kenny sah Leo nach, der in seinen Mercedes stieg. Dann warf sie einen Blick nach oben. Im Zimmer ihrer Enkelin brannte noch Licht. Sie seufzte. Wer wußte, was Chris mochte und was sie nicht mochte? Niemand – wahrscheinlich nicht einmal das Kind selber.

Ich glaube, sagte sie zu sich, während sie durch das große Wohnzimmer und durch die große Halle ging und die breite Treppe hinaufstieg, ich darf keine Männer hier haben. Langsam werde ich zu alt dazu. Andererseits . . .

Sie blieb auf dem Treppenabsatz stehen und betrachtete sich in einem italienischen Rokokospiegel, der einmal in der Wohnung in Rom gehangen hatte. Sie sah eine sehr elegante Dame in einem langen, figurbetonten, honigfarbenen Seidenjersey-Kleid. Der Honigton entsprach genau der Farbe ihres Haares. Arme und Gesicht waren ein paar Schattierungen dunkler. Eine elegante Dame von – na, sagen wir: siebenundvierzig. Sie war sechsundfünfzig. Eigentlich konnte sie mit sich recht zufrieden sein.

Leo war nicht übel. Er hatte einen anständigen Beruf, irgend etwas an der Börse, und verdiente nicht schlecht. »Aber ich will dir ein Geheimnis verraten«, hatte er gesagt, als er in jener ersten Nacht neben ihr gelegen hatte. »Ich verrate dir ein lausiges Geheimnis über Leo N. Faber, ja?«

Er war ein bißchen betrunken gewesen. »Er liebt Luxus, der Leo. Er vergöttert Luxus. Schau mal.« Und er hatte mit seiner sensiblen, behaarten Hand über ihr feines Laken gestrichen, hatte auf die Flaschen guten Rotwein gedeutet, die sie mit auf ihr Zimmer genommen hatten (sie mochten beide Rotwein), hatte sich zu ihr hinübergelehnt und hatte ihr Parfüm geschnuppert. »Ich mag schöne, teure Sachen«, hatte er gesagt und gegrinst wie ein unartiger kleiner Junge. Ihr war seine Ehrlichkeit sympathisch gewesen. Sie wußten, was sie aneinander hatten.

Joanne Christina saß im Bett und las. Man denke – fünf Minuten vor Mitternacht! Ertappt sah sie von ihrem Buch auf. »Hey«, sagte sie munter.

»Hey.« Virginia wußte, daß es völlig nutzlos war, ihr Vorwürfe zu machen. Man kam weiter, wenn man so etwas einfach übersah.

»Klasse siehst du heute aus«, sagte Chris.

»Danke, Liebling.« Manchmal, in seltenen Augenblicken wie jetzt, schien es keine Kluft zwischen ihnen zu geben, da waren sie wie gute Freundinnen.

»Ich denke, du bist mit Leo aus?«

»War ich auch.« Sie warf einen Blick auf das Buch. »Berühmte Geister und Erscheinungen.«

»Du wirst die ganze Nacht nicht schlafen können, wenn du so was liest.«

»Glaub' ich nicht.« Chris legte das Buch beiseite. »Es spielt hauptsächlich in Europa. Hier sind Gespenster anscheinend Mangelware.«

Es war wie ein Stichwort. »Möchtest du nach Europa, Chris? Ich meine – für länger?«

Joanne Christina hatte eine seltsam unkindliche Art, vor einer Antwort sorgfältig nachzudenken. Woher sie das wohl hatte? Sicherlich nicht von Jeff, der nie viel vom Nachdenken gehalten hatte. Und erst recht nicht von jener labilen Person, die ihre Mutter gewesen war.

Chris dachte an die Wüste. Es war nicht anzunehmen, daß sie die Reise nach Europa sofort antreten würden, wenn es überhaupt dazu kam. Somit blieb ihr Zeit genug für ihre Pläne.

»Doch«, sagte sie sachlich, »das möchte ich schon. In Windsor Castle gibt's ein tolles Puppenhaus, hast du das gewußt? Selbst die Wasserspülung geht richtig, und die Bilder sind von richtigen Malern, und die Bücher in der Bibliothek sind von berühmten Schriftstellern geschrieben und nicht größer als ein Daumennagel. Und dann würde ich auch gern den Schiefen Turm von Pisa sehen, ehe er mit einem Knall zusammenfällt.«

Virginia runzelte ein wenig besorgt die Stirn. »Du müßtest hier mehr Freunde haben.«

»Ich habe doch Tony«, Tony war der Filipino-Diener, »und Leona«, Leona war die schwarze Köchin, »und Mr. Liang«, das war der chinesische Gärtner, der sie oft in seinem kleinen Laster herumkutschierte. »Und Silly Bom Gombowl«, die schwarze Putzhilfe der Nachbarn, »und Pete«, das war der Mann, der den Swimming-pool saubermachte und sie manchmal zu geheimnisvollen Zielen mitnahm, »und –«

»Ich meine gleichaltrige Freunde.«

»Die sind alle doof.«

»Aber Jane magst du doch«, sagte Virginia zögernd. Das war das einzige Kind, das Chris jemals aus der Privatschule von Miss Mannering mit nach Hause gebracht hatte.

»Ach, weißt du«, sagte Chris, die wie üblich ihren eigenen Gedanken nachhing, »ich fühle mich ganz wohl in meiner

Haut. Ich bin eben überhaupt eine komische Nudel, das sagen alle in der Schule.«

»Und das macht dir nichts aus?«

»Warum denn? Wenn ich denke, was die alle für Sorgen haben... Jungsprobleme und Eltern, die ständig Martinis schlucken und sich zanken und immer irgendwas Blödes haben wollen, weil die anderen es auch haben. Also ehrlich, ich finde, die sind alle doof.«

Chris legte das Buch endgültig beiseite und knuffte sich das Kopfkissen zu der bequemsten Schlafposition zurecht. Während sie sich hinlegte, murmelte sie: »Ich war heute am Strand gemein zu Leo. Sag ihm, daß es mir leid tut, ja?«

Ihre Großmutter blieb an der Tür stehen. »Magst du ihn nicht?«

»Ich hab' nichts gegen ihn. Will er dich heiraten?«

»Heiraten? Um Himmels willen, nein. Gute Nacht, mein Schatz.«

»Nacht, Darling.« Und, als die Tür sich schon fast geschlossen hatte: »Wenn wir nach Europa fahren, kommt dann Leo auch mit?«

»Mal sehen.«

Sie lag noch eine Weile wach, als Virginia das Zimmer verlassen hatte. War es denkbar, daß jemand ihr am Freitag gefolgt war? Nein, dann hätte sie etwas gesagt. Gesagt? Einen Riesenkrach hätte sie geschlagen! Vielleicht sollte sie vorsichtshalber doch einen anderen Tag wählen?

Nein, sie konnten unmöglich etwas wissen. Diese ganze Europageschichte mußte reiner Zufall sein. Vielleicht wurde wirklich was draus. Dann konnte sie auch das Haus besichtigen, in dem, wie sie gerade gelesen hatte, Gegenstände durch die Luft flogen und kaputtgingen . . .

Wie gewohnt erwachte er, kurz bevor der Wecker anfing zu schrillen. Er stand auf, rasierte und wusch sich und verwendete besondere Sorgfalt auf seine Garderobe. Die Mühe hatte sich gelohnt. Aus dem Spiegel sah ihm ein schicker, moderner junger Typ entgegen.

Um 6 Uhr 25 verließ er das Hotel. Somit blieben ihm fast zweieinhalb Stunden, ehe er auf dem Flugplatz sein mußte. Es waren fünf Meilen bis zum Autofriedhof; die Straßen waren um diese Zeit leer, und er schaffte es in ganz kurzer Zeit. Nichts rührte sich zwischen den verrosteten und ausgeschlachteten Autowracks, nicht einmal eine Katze. Das hatte ihn auch bewogen, sich gerade diese Stelle auszusuchen. Außerdem lag gleich um die Ecke auf dem Ventura Boulevard ein Lokal.

Er fuhr den Kombi an einen vorher genau kalkulierten Fleck hinter einem Lastwagengerippe, öffnete die Motorhaube, nahm die Zündkerzen heraus und warf sie weg. Die Nummernschilder schraubte er ab, wickelte sie in Packpapier und legte sie in seinen Koffer. Dann bockte er das Fahrzeug auf und nahm das linke Hinterrad ab, das er den Abhang hinunter auf einen Müllberg rollen ließ. Sofort legte sich der Kombi schief und wirkte überzeugend abgewrackt. Nach ein paar Stunden hatten die Autofledderer ihn bestimmt gründlich ausgeräumt.

Als er zur Hauptstraße zurückging, kam er sich in seinem schicken Anzug und mit seinem schicken Koffer doch recht auffällig vor, aber es waren nur dreihundert Meter bis zu dem Lokal. Er erreichte es kurz vor acht und bestellte sich ein reichliches Frühstück, das er sich in aller Ruhe zu Gemüte führte. Dann rief er ein Taxi und war fünfundzwanzig Minuten vor dem Start der Maschine am Flughafen.

Selbstbewußt und sicher machte er es sich in seinem Sitz bequem. Den Kombi war er los. Wenn er nach Los Angeles zurückkam, würde er seinen Führerschein aus Missouri vernichten und sich in Kalifornien einen neuen, in einigen wichtigen Punkten geänderten ausstellen lassen. Den blonden James White mit den grauen Augen würde es dann nicht mehr geben.

Er war jetzt davon überzeugt, daß er mit dem Flug nach Denver das Richtige getan hatte. In Los Angeles kannte man sich zu gut mit Schauspielern aus. Es wäre heller Wahnsinn gewesen, in dieser Phase des Unternehmens etwas zu riskieren, nur um einen Tag und den Flugpreis zu sparen.

Der Sitz neben ihm war leer, er zog also guten Gewissens das Schulheft hervor und vertiefte sich in jene immer wieder gelesene Geschichte. Die sechziger Jahre, das Jahrzehnt der Gewalt, hatte für die Kennys harmlos genug begonnen. Aber im September 1961 lernte Jeff ein Mädchen namens Holly Loring kennen. Die Freundschaft war offenbar bald recht intensiv geworden. Im Juli 1962 eröffnete sie ihm, daß sie ein Kind von ihm erwartete. Cass und Viginia hielten sich zu dieser Zeit gerade in Spanien auf, wo er ein Weltkriegsepos drehte. Erst im August, nach der Hochzeit, erfuhren sie, was sich inzwischen in Kalifornien abgespielt hatte. Virginia flog sofort hin, offenbar auf das Schlimmste gefaßt. Ihre Erwartungen bewahrheiteten sich. In ihren Augen war Holly ein ordinäres, ungebildetes Flittchen mit schlechten Manieren. Bei ihrem ersten Treffen war sie obendrein noch high gewesen – damals rauchte sie Marihuana –, so daß auch ihre Schönheit, ihr einziger Pluspunkt, nicht zur Geltung kam. Sie wirkte teigig und aufgedunsen.

Virginia war verärgert, aber resigniert nach Spanien zurückgekehrt. Im Februar 1963 wurde Joanne Christina geboren.

Das Jahr des Attentats auf John F. Kennedy war in jeder Beziehung ein Jahr der Katastrophen. Cass, Virginia und Jeff blieben nicht verschont. Jeff machte seinen Abschluß an der Universität und bekam sofort den Einberufungsbefehl. Er entschied sich, wie damals sein Vater, für die Luftwaffe. Holly blieb mit dem Baby zurück. Sie liebte die Kleine abgöttisch, aber das Babygeschrei machte sie verrückt. Alleinsein war wohl nicht ihre Stärke. Sie fand bald Gesellschaft, männliche Gesellschaft.

Inzwischen prallte in Italien Cass Kenny auf der Autostrada del Sol im strömenden Novemberregen mit seinem Maserati gegen einen liegengebliebenen Laster, der keine Lichter gesetzt hatte. Er war mit über 160 Stundenkilometern gefahren. Der Wagen explodierte, aber Cass war mit Sicherheit schon vorher tot gewesen.

Virginia hätte ebensogut mit ihm im Wagen sitzen können, denn als sie ihr die Nachricht brachten, hörte das Leben für sie abrupt auf. 1964 fuhr sie in Europa herum, regelte die Angelegenheiten ihres Mannes, verkaufte Grundbesitz und brachte mehr als einen Anwalt durch ihr Verständnis für Geschäftliches einigermaßen aus der Fassung. Sie ging und handelte wie ein Automat. Als alles erledigt war, kehrte sie zurück in das unruhige Amerika.

Hier warteten juristische Probleme auf sie. Selbst ihr Sohn hatte inzwischen begriffen, daß Holly als Mutter für Joanne Christine völlig ungeeignet war. Jeff war nach Vietnam geschickt worden. Der Kampf um das Kind blieb der Großmutter überlassen. Holly leistete nur geringen Widerstand, und im Mai des gleichen Jahres zog das Baby, ein Jahr und drei Monate alt, in das feudale Kinderzimmer im Upper Canyon Circle Nummer 234 ein, während in den anderen Räumen noch die Handwerker arbeiteten.

An einem brütenden Septembertag, als der glühende Hauch des Wüstenwindes, des Sant' Ana, Los Angeles wieder einmal nachdrücklich an seine geographische Lage erinnerte, wurde Jeff Kenny als vermißt gemeldet.

Der Mann nahm ein Taxi vom Flughafen zu einem möglichst weit vom Düsenlärm entfernten Motel, bat den Fahrer zu warten, bis er sich angemeldet hatte, und ließ sich dann nach Denver hineinfahren.

Er inspizierte sieben Frisiersalons, ehe er zu dem dritten zurückkehrte. Er blieb ein paar Minuten stehen, darauf bedacht, daß man ihn vom Geschäft aus nicht beobachten konnte, sammelte seine Gedanken und stürmte dann wie in höchster Eile hinein.

Er sei Schauspieler, sagte er, und hier in Denver bei Bekannten zu Besuch. Nun habe ihn eben eine Freundin von Albuquerque aus angerufen, wo sie Aufnahmen für einen Western drehte. Einer ihrer Kollegen – er spielte eine kleine, aber interessante Nebenrolle – hatte sich den Fuß verstaucht, und sie brauchten Ersatz. Die Freundin hatte mit dem Regisseur gesprochen (der ihn ohnehin kannte, denn sie hatten schon einmal zusammengearbeitet), und der Regisseur hatte gemeint, wenn er sich sofort ins Flugzeug setzen könnte, würde er ihm die Rolle geben. Der Haken war nur, daß sie gern einige bereits abgedrehte Szenen mit dem verletzten Kollegen verwenden wollten, und der hatte braune, graumelierte Haare. Wie lange würde eine Färbung mit Strähnen dauern?

Der Meister wollte ihm gern helfen, meinte aber, es würde eine langwierige Behandlung sein. Gute drei Stunden würde es schon dauern. Sollte der Schnurrbart auch mitbehandelt werden? Ja, meinte der eilige Kunde, der Schnurrbart auch. Seine Freundin hatte nichts davon gesagt, und er hatte vergessen zu fragen.

Der Meister zog sein Anmeldebuch zu Rate. Um die Mittagszeit waren sie immer ausgebucht, aber mit einigem guten Willen konnte er den Herrn um zwei Uhr einschieben, so daß sie mit der ganzen Prozedur um halb fünf oder fünf fertig sein könnten. Ja, das war eine lange Zeit, aber die grauen Strähnen mußten extra eingefärbt werden. Bei manchen Leuten funktionierte das überhaupt nicht, aber Mr. McNair war dunkelblond, da würde es schon gehen. Wenn Mr. McNair vielleicht ein Foto von seinem Kollegen hatte ...

Nein, Mr. McNair bedauerte, er hatte kein Foto.

In Wirklichkeit hatte er sogar zwei Aufnahmen. Sie lagen in seinem Koffer im Hotel.

Als er um halb sechs dorthin zurückkam, zitterte er vor Erregung. Beim Friseur im Spiegel hatte es gut ausgesehen, besser, als er zu hoffen gewagt hatte. Aber es gab noch einiges zu tun, ehe er seiner Sache sicher sein konnte.

Es war schade um den Schnurrbart. Die Färberei und Bleicherei, die zusätzlichen Kosten – alles für die Katz. Aber der Schnurrbart, das wußte er, war das letzte Bindeglied zur Vergangenheit, der letzte Fetzen der alten Maske. Er veränderte sein Gesicht noch stärker als der Bart, und wenn jemand aus dem Frisiersalon ihn erkannte, wenn etwas durchsickerte und Mißtrauen aufkam, würden sie sich an den Mann mit dem Schnauzer erinnern. Morgen, wenn er nach Los Angeles zurückkam, würde er auch sein Haar anders schneiden lassen, kürzer. Und er durfte nicht vergessen, sich die Augenbrauen zu zupfen.

So, der Bart war ab. Er sah gut, nein, besser noch, er sah völlig verändert aus. Sehr aufmerksam betrachtete er die Fotos, zuerst das des 35jährigen Cass Kenny, aufgenommen an seinem Hochzeitstag, dann das Bild von Sohn Jeff, 24 Jahre alt, geknipst kurz vor seinem letzten Einsatz in Vietnam.

Eine kleine Ewigkeit starrte er die Aufnahmen an. Endlich wagte er es, den Kopf zu heben und das Bild zu betrachten, das ihm sein Spiegel bot.

Die Ähnlichkeit war so unheimlich, daß es ihm einen förmlichen Ruck gab.

Ja, es war raffiniert eingefädelt. Aber war es raffiniert genug? Nur Jeff Kennys Mutter würde ihm diese Frage beantworten können.

3

»Na, mein Schatz, wie geht's?« Murray war wieder im Lande. Die Stimme, die aus dem Hörer krächzte, war unverkennbar, eine Stimme wie grobes Sandpapier, eine einmalige Mischung aus Bronxdialekt und kalifornischen Untertönen.

Virginia seufzte. »Danke, Murray, bestens. Und dir?«

»Um einiges reicher. Wir haben in der verdammten Bruchbude in Nizza sämtliche Wohnungen losgeschlagen. Wie findest du das?«

»Großartig, Murray!«

»Kann ich bei dir vorbeikommen? Paßt's dir gleich?«

»Aber sicher. Seit wann bist du hier?«

»Seit fünf Minuten.«

»Natürlich. Komm nur.« Sie legte kopfschüttelnd den Hörer auf. Nach jedem Transatlantikflug war sie mindestens eine Woche lang fix und fertig. Nicht so Murray Forde. Rasieren, duschen, umziehen, mehr brauchte er nicht.

Da war er, ein Fels von einem Mann, kurzgeschnittenes, eisengraues Haar, sympathisch-häßliches Gesicht, keinerlei Anzeichen von Reisemüdigkeit. Für sie hatte er Sortilège und eine phantastische, beigefarbene Krokotasche von Hermès mitgebracht, und für Chris – erstaunlich, wie gut dieser scheinbar völlig phantasielose Mann sich in das scheinbar so schwierige Kind einfühlen konnte. Wer sonst wäre wohl auf die Idee gekommen, ihr einen kostbaren Kaftan aus Marokko mitzubringen, mokkafarben, mit Goldstickerei am Hals, am Vorderteil, den Ärmeln und am Saum, eine Sonderanfertigung in ihrer Größe.

Was für ein verrücktes Geschenk für ihre Enkelin, dachte Virginia – und dann sah sie, daß Chris den Kaftan geradezu andächtig betrachtete. Murray hatte wieder mal recht gehabt, er hatte begriffen, daß man mit elf in einem schrecklichen Alter ist, daß ausgebeulte Jeans und Eulenbrille einen Schutzwall aufrichten sollen gegen den Einbruch des Erwachsenseins in die Kinderwelt.

Chris hatte den Kaftan ans Herz gedrückt und spürte mit den Fingerspitzen der seltsamen Fremdheit des Materials nach. Sie betrachtete diesen Mann sehr aufmerksam durch ihre großen Brillengläser. Er war praktisch der einzige Freund ihrer Großmutter, den sie ernst nahm. Ihr schien es immer, als habe die Natur irgendwie vergessen, ihn fertigzustellen. Sie mußte dabei an eine Skulptur in einem ihrer Schulbücher denken, von einem berühmten Mann – war es Michelangelo? –, die er als halb behauenen Block aufgegeben hatte. Unfertiges, fand sie, konnte so viel aufregender sein als Perfektion. Geheime Kräfte schienen im Halbvollendeten zu wohnen, wie im Stein selbst. Ähnliches empfand sie bei Murray. Sie sah förmlich die Energie um ihn zucken wie in einem Comic Strip. Zack! Peng! Krach!

Gleichzeitig überlegte sie, wie wohl Murray mit Leo zurechtkommen würde und umgekehrt.

Dieselbe Frage hatte sich auch Virginia schon gestellt.

Der Mann, dessen Personalpapiere ihn als James Robert White auswiesen, und den Glück und sorgfältige Planung in einen Doppelgänger von Jeff Kenny, in Vietnam vermißt, verwandelt hatten, landete am nächsten Morgen planmäßig um zehn Uhr in Los Angeles und fuhr ins *Sunset Plaza Apartment Hotel,* wo er ein Zimmer gebucht hatte. Er brauchte einen neuen Führerschein mit einem Foto des neuen James White (Haar braun, Augen braun). Mit diesem Dokument war dann seine Spur endgültig verwischt, der alte James White (Haar blond, Augen grau), offiziell beseitigt.

Er zog seinen schicken Anzug aus, streifte Jeans und ein Hemd über, ging zur Polizei, Abteilung Kraftfahrzeuge, und legte die bereits ausgefüllten erforderlichen Formulare und seine Papiere aus dem Aldington Institute vor. Ein typischer Bürohengst beäugte ihn mit typisch bürokratischem Mißtrauen.

»Einen neuen Führerschein wollen Sie?«

»Klar – warum nicht?«

»Haben Sie vorher einen gehabt?«

»Nee.«

»Wie kommt denn das?«

Er hatte während seiner tristen Jugend trübe Erfahrungen mit der Bürokratie gemacht. »Nun hören Sie mir mal gut zu«, sagte er beherrscht, aber scharf. »Als ich nach Vietnam mußte, um diesen lausigen Krieg für euch zu führen, war ich noch nicht trocken hinter den Ohren, noch fast ein Schuljunge. Danach hab ich zehn Jahre im Kriegsgefangenenlager gesessen. Glauben Sie, da hätte ich einen Wagen gebraucht?«

Offensichtlich ließ sich die Bürokratie ebenso ungern an diesen Krieg erinnern wie das übrige Amerika. James White wurde in Rekordzeit ein Führerschein des Staates Kalifornien ausgestellt.

Danach mietete er einen Wagen, fuhr damit zu einem guten Frisiersalon, wo er sich die Haare schneiden und eine neue Frisur zaubern ließ, und rollte dann zurück zum *Sunset Plaza.* Dort stellte er die Kutsche in die Tiefgarage, um sich für den Rest des Tages in die Sonne zu legen.

Um fünf taumelte er zurück ins Hotel und schlief zwei Stunden. Nach einem Sonnenbad brauchte er das. Als er aufwachte, fühlte er sich glänzend. Er sah auch gut aus. Er duschte, zog sich an, führte sich in einem Lokal vier Scotch und ein Steak zu Gemüte und überlegte sich die nächste Phase seines Unternehmens, die Mädchenjagd.

Es war in vieler Hinsicht ein heikles Unterfangen, nicht zuletzt deshalb, weil dieses Mädchen der erste Mensch war, auf den er bei seinem Plan angewiesen sein würde. Was er brauchte, war ein nettes Mädchen mit mütterlichen Gefühlen und einem großen Herzen.

In der Toilette des Lokals, in dem er gegessen hatte, wusch er sich die Hände und fuhr sich mit einem Kamm durchs Haar. Er sah tatsächlich gut aus. Hey, Jeff Kenny!

Als er sich zum Gehen wandte, sah er plötzlich sein Spiegelbild aus einem völlig anderen Blickwinkel. Er drehte sich langsam wieder um und sah sein eigenes Gesicht, das ihm da entgegenblickte, noch einmal genauer an. Hey, Jeff Kenny. Ich hab dich doch umgebracht, armes Schwein, oder?

Der Gedanke beunruhigte ihn nicht übermäßig. Schlaflose Nächte hatte er ihm eigentlich noch nie bereitet. Was ihn beunruhigte, war die Vorstellung, daß er sich selbst, sein eigenes Bild, getötet hatte.

Rose Maddox war nicht auf der Suche nach einem Mann. Ein Mann war das letzte, wonach ihr im Augenblick der Sinn stand, und sie war deshalb froh und dankbar, daß Terry wie ein freundlicher, zottiger junger Hund neben ihr aufgetaucht war. Niemand konnte Terry den Vorwurf machen, ein richtiger Mann zu sein, und wäre ihr nicht so elend gewesen, hätte sie sich bestimmt köstlich über seine Erzählung amüsiert, wie er zu einer Sprechprobe gegangen war und nicht begriffen hatte, daß sie einen schwarzen Schauspieler suchten. Sie mochte Terry; sie wußte, daß er sich ihr angeschlossen hatte, weil sie ihm leid tat in ihrer Einsamkeit, und weil er wußte, daß sie nicht der Typ war, der einschichtig in Bars herumhängt – nicht einmal hier, im *Intermission,* wo fast nur Schauspielerpublikum verkehrte. Außerdem wußte er alles über Paul. Die Terrys dieser Welt wußten anscheinend stets über die Liebesgeschichten anderer Leute Bescheid, besonders wenn sie schiefgegangen waren.

»Schau nicht hin, Schatz«, sagte er, »aber am Ende der Bar sitzt ein wirklich toller Typ, der starrt dich schon die ganze Zeit mit Schlafzimmeraugen an.«

Rose seufzte. »Dunkle Augen und Zweihundert-Dollar-Ledermantel?«

»Hab' mir gedacht, daß dir der schon aufgefallen ist. Vielleicht ein Regisseur, Liebes!«

»Ausgerechnet hier? Ich tippe eher auf die Bedienung aus einem Hamburger-Kiosk.«

»Von dem Knaben würde ich mich mit Wonne zwischen ein Brötchen klemmen und mit Senf verspeisen lassen.«

»Hm – er hat mir gleich so einen linken Eindruck gemacht.«

Terry schüttelte energisch den Kopf. »Der? Garantiert nicht!«

Rose hatte es auch nicht ernst gemeint. Schon beim ersten Blick hatte sie sich zur Vorsicht gemahnt, denn er war genau der Typ, über den sie schon öfter gestolpert war. Das sollte nicht noch einmal passieren, weder bei diesem Mann noch bei irgendeinem anderen.

»Da kommt er«, flüsterte Terry und setzte laut hinzu: ». . . so ganz war es eigentlich nicht deine Rolle, Schätzchen, aber du warst hinreißend. Ich hab' ihn mir zweimal angesehen.«

Rose spürte, daß der gutaussehende Mann im Ledermantel jetzt dicht hinter ihr stand. Er bestellte einen Drink beim Barkeeper. Nette Stimme, dachte sie. Terry benahm sich wie eine kuppelnde Tante. »Sie heißen nicht zufällig Bill Smith, was?« fragte er über ihren Kopf hinweg den Fremden. »Jemand hat gerade am Telefon nach Bill Smith gefragt.«

»Nein, ich bin James White.«

Die Frage wirkte durchaus plausibel. Im *Intermission* wurden oft Schauspieler angerufen, und aus diesen Kontakten ergaben sich häufig Jobs. Es war also wichtig, daß man davon erfuhr.

»Tag, James, ich bin Terry. Das ist Rose.«

Rose schnitt Terry ein Gesicht und wandte sich um. »Rose Maddox.«

»Sie sind Engländerin?«

Als er lächelte, sah sie die Narbe, die über seine linke Gesichtshälfte lief. Das Lächeln war ein bißchen traurig, ein bißchen sehnsüchtig, und rührte sie ganz gegen ihren Willen.

Sein Drink kam. Er lud Rose ein. Da ihr Glas leer war, konnte sie ihm kaum einen Korb geben. Terry hatte sich inzwischen verdrückt. Der Mann mit der Narbe fragte: »Warum so melancholisch, Rose Maddox?«

»So sehe ich immer aus.«

»Sie lügen ziemlich schlecht.«

Sie gedachte nicht, ihm irgend etwas über ihre privaten Sorgen zu erzählen. Also lächelte sie nur. »Ich hab' eine Rolle nicht gekriegt, um die ich mich beworben hatte«, erklärte sie leichthin, »und ich hab' ein bißchen Heimweh.«

»Gefällt es Ihnen nicht bei uns?«

»Ich bin Profi, mir gefällt es überall, wo ich spielen kann und mein Geld verdiene. Und es gefällt mir bedeutend besser hier als in dem tristen, nebligen London.«

Sie gedachte nicht, ihm irgend etwas über ihre privaten Sorgen zu erzählen. Sie gingen zu *Romy's,* wo eine Band spielte, und tranken ziemlich viel. Er machte kein Geheimnis daraus, daß er sie attraktiv fand, aber er war nicht aufdringlich. Und weil jede zweite Melodie sie schmerzlich an Paul erinnerte (schrecklich, wie Schlager in der Wunde einer verlorenen Liebe wühlen können), ertappte sie sich plötzlich dabei, daß sie ihm ihr Herz ausschüttete. Er hatte unheimlich nette, sanfte, braune Augen, und er hörte so schön zu. Welcher Mann konnte das schon?

Er hörte zu, kühl abschätzend, und sie ahnte nicht, daß die Augen hinter den Kontaktlinsen, die wieder zu drücken begannen, grau und kalt waren.

Dies war nicht das Mädchen, das er sich vorgestellt hatte.

Ganz und gar nicht. Aber er kam langsam zu der Überzeugung, daß sie vielleicht doch die Richtige war. Englische Mädchen hatten – ja, was denn – eine erfrischend direkte Art, die in kritischen Situationen sehr wirkungsvoll sein konnte. Eine Schönheit war sie nicht, aber sie wirkte sehr attraktiv mit ihrem rotbraunen Haar und der Andeutung einer Stupsnase. Die Figur war phantastisch, sie war intelligent (zu intelligent?) und hatte jene Gewandtheit und Anpassungsfähigkeit, die ihm schon öfter bei Schauspielerinnen aufgefallen war. Das war verständlich, wenn man bedachte, daß sie es gewöhnt waren, ständig in eine andere Rolle zu schlüpfen. Was Männer betraf, schien sie bisher keine glückliche Hand gehabt zu haben.

Dieser Paul war offenbar ein Schweinehund, wie er im Buche stand. Rose und er waren mit einem Stück auf Tournee gewesen. Der Vertrag lief in Los Angeles aus, aber es bestand eine Chance, daß er verlängert werden konnte, weil das Stück ankam. Das bedeutete Phoenix, Dallas, den Südosten der Staaten. Doch Freund Paul hatte sich Chancen in Hollywood ausgerechnet, und weil Rose ihn nicht verlieren wollte, war auch sie abgesprungen. Natürlich war es ein Reinfall auf der ganzen Linie geworden. Besonders schlimm wurde es dadurch, daß Rose gelegentlich noch Arbeit bekam, während Paul der Große zu Hause hockte und übelnahm. Das Ende war absehbar. Vor drei Tagen hatte er seine Siebensachen gepackt und war verschwunden.

Viel länger hielt er es mit den Kontaktlinsen nicht mehr aus. Er wußte noch nicht so recht, was er aus dem Mädchen machen sollte. Nachdem sein Plan schon so weit gediehen war, durfte er sich keinen Mißgriff mehr leisten. Ihre Rolle in dem von ihm inszenierten Stück war nicht groß, aber wichtig. Schaden konnte es nicht, wenn er einen Versuchsballon losließ.

Er fuhr sich mit der Hand über die Augen und verzog schmerzlich das Gesicht. Sie reagierte sofort. »Tut die Narbe weh?«

»Manchmal. Ich bekomme dann diese grauenhaften Kopfschmerzen.«

»Wie ist es passiert? Mein Gott, jetzt habe ich die ganze Zeit nur von mir geschwatzt . . .«

»Sie mußten sich einfach mal aussprechen«, sagte er mit einem matten Lächeln.

»Vietnam?«

Er nickte. Es war eine Prüfung, die erste Prüfung, die sie, das ahnte er, mit fliegenden Fahnen bestehen würde. »Sie bringen mich jetzt auf der Stelle nach Hause! Warum haben Sie mir nicht gesagt, daß Sie Schmerzen haben? Sie gehören ins Bett.«

Er brachte ein klägliches Lächeln zustande. »In wessen Bett?«

»In Ihr eigenes!«

Er gab ihr einen langen, leidenschaftlichen Kuß. Sie reagierte ganz instinktiv, indem sie in seinen Armen nachgab, machte sich dann aber los. Er wußte, daß er ihr sympathisch war, vielleicht sogar sehr sympathisch, aber Paul hatte sich zwischen sie gedrängt. Heute war ihm das nicht einmal unangenehm. Aber er hielt sie noch fest.

»Bitte«, sagte sie. »Ich muß jetzt gehen.«

»Unter einer Bedingung.«

Sie sah ihn an. Der Wind spielte mit den Ästen der Bäume, unter denen sie standen, so daß Licht und Schatten in seinem Gesicht wechselten.

»Daß Sie morgen abend mit mir essen.«

»Gern. Wann?« Ja, diese offene, direkte Art war wirklich wohltuend. Kein geziertes Getue, keine vorgeblichen anderweitigen Verabredungen.

»Um halb acht? Hier?« Er sah zu, wie sie die Haustür zu dem kleinen Apartmenthaus aufschloß. Die Wohngegend paßte zu ihr. Alles paßte zu ihr, wenn auch nicht so, wie er es sich ausgerechnet hatte. Aber so spielte eben manchmal das Leben. Man mußte es scharf beobachten, sonst durfte man sich auf gehörige Überraschungen gefaßt machen, besonders was die lieben Mitmenschen betraf.

4

Trotz der üblichen Tablettendosis wollte sich der Schlaf nicht einstellen. Ständig hatte er das Gefühl, er müßte aufstehen und in den Spiegel schauen. Gab es da doch, tief vergraben, noch einen Zweifel in ihm? Dabei war er sich keiner Bedenken bewußt. Er war sicher und zuversichtlich.

Natürlich ging ihm die Begegnung mit dem Mädchen nach. Er kam nicht darüber hinweg, wie mühelos er Rose gefunden hatte. Sie war nicht die erste gewesen, mit der er sich im Lauf des Abends in einem Dutzend verschiedenartigster Bars und Nachtklubs näher befaßt hatte. Eigentlich hatte er an diesem ersten Abend überhaupt nicht auf einen Erfolg zu hoffen gewagt. Um so besser, das Glück war also noch auf seiner Seite. Aber er mußte sich erst damit abfinden, daß das Mädchen, das er suchte, zu einem Menschen aus Fleisch und Blut geworden war, einer jungen Frau, die Rose Maddox hieß und eine eigene, sehr starke Persönlichkeit hatte. Sie war nicht mehr ein winziges Rädchen in seiner sorgsam konstruierten Maschine. Sie war ein Mensch. Und Menschen hatten die bedauerliche Angewohnheit, Fragen zu stellen.

Auch der Zeitfaktor stimmte nicht. Es wäre ihm lieber gewesen, wenn er sie erst nach zwei oder drei Wochen der Bekanntschaft auf ihre Rolle hätte ansetzen können. Aber das war ausgeschlossen. Zunächst einmal war das der finanzielle Aspekt. Lange konnte er sich diesen Lebensstandard nicht leisten. Die Miete für das Apartment im *Sunset Plaza* und für den Leihwagen riß Riesenlöcher in das ihm verbleibende Kapital. Die Rechnung für das Essen bei *Romy* hatte sich als haarsträubend hoch erwiesen. Und morgen (nein, heute, denn es war schon drei Uhr morgens) konnte er sich mit seiner Einladung auch nicht lumpen lassen. Der zweite Grund war noch schwerwiegender. Er sah Jeff Kenny jetzt wirklich sehr ähnlich, und Jeff hatte mehrere Jahre in dieser Stadt verbracht. Er konnte es nicht riskieren, zwei, drei Wochen hier herumzulaufen, um das Mädchen richtig vorzubereiten. Wenn man ihn zufällig erkannte, war sein Plan geplatzt. Die Entdeckung würde Schlagzeilen machen.

Diese erschreckende Vorstellung trieb ihn wieder aus dem Bett. Er war schweißgebadet.

Vor langer Zeit, ehe er seinen Plan wirklich sorgfältig durchdacht hatte, war ihm der Gedanke einer Zufallsentdeckung recht verlockend vorgekommen. Aber die Gefahren überwogen. Es durfte keine Publicity geben, denn dann war er vor Spähern und heiklen Überraschungen nicht sicher. Deshalb war der Plan, den er zuletzt ausgearbeitet hatte, richtig, und an ihn mußte er sich halten. In vier, höchstens fünf Tagen mußte er handeln, und das Mädchen mußte mitspielen.

Aber nicht Rose Maddox und die Komplikationen, die sich daraus ergaben, daß sie ein lebendiger Mensch und keine Konstruktionszeichnung mehr war, hielten ihn immer noch wach, ließen ihn ruhelos im Zimmer herumwandeln. Was ihn wachhielt, war – das begriff er, als er zum hundertsten Male sein Spiegelbild anstarrte –, eben dieses Bild, das ihm dort entgegenblickte. Es war Jeff Kenny, der ihm seinen Schlaf stahl.

Für den kleinen Mann, der auf den Schlachtfeldern verheizt wird, sind wahrscheinlich alle Kriege ohne Hoffnung, Sinn und Zweck. Aber dieser Krieg war ein ganz besonderer Wahnwitz. Selbst die Urlaubstage, selbst diese langersehnten Atempausen waren obszön, waren ein wüster Alptraum, schlimmer in vieler Beziehung als die Front. Er spürte jetzt noch, während er seine Augen in Jeff Kennys Gesicht betrachtete, den schalen Geschmack jener Nächte, verbracht im Suff, mit Hasch, mit käuflichen Frauen: Sinnenlust ohne Freude, tristes Amüsement unter den Augen der zerlumpten, am Straßenrand vegetierenden Gestalten.

Er hatte eine harte Jugend gehabt. Es war schwer vorstellbar, daß ausgerechnet Saigon ihn so besonders anekelte. Er kannte Kameraden, die jene Drogen- und Alkoholszene in der Etappe völlig kalt ließ. Trafen ihn diese Eindrücke vielleicht deshalb so schmerzhaft, weil er darin seine eigene brutale Jugend wiederfand?

Weg mit diesen Grübeleien. Er dachte an den Einsatz. »Einsatz« – wie genüßlich hatten die kahlgeschorenen Automaten, die sich Major oder Colonel nannten, dieses Wort auf der Zunge zergehen lassen. Einsatz, das waren Regen und Ungeziefer und wunde Füße und zusammengekauertes Warten unter einem Zeltbahnfetzen mit Perry, der immer high war. Perry hatte die Gewohnheit, auf Patrouille »Michelle, ma belle« zu singen, und so dauerte es nicht lange, bis einer dieser kleinen gelben Affen auf einem großen Baum ihm eine Kugel durch den Kopf schoß. Plop, weg war er, verschwunden in dem lehmigen, gelben Wasser eines Reisfeldes. Plop, plop – das waren Ed und Johnny. Er mußte sie – eine lebende Schießscheibe für die Gelben – herausangeln, um nachzusehen, ob sie tot waren, oder ob man sie noch mal zusammenflicken konnte, als Nachschub für den nächsten Akt des Krieges.

Erträglich wurde der Einsatz durch Arthur, der aus dem New Yorker Judenviertel stammte. Seine Eltern hatten in Rußland und anderswo so Schreckliches durchgemacht, daß er fast alles in diesem Dschungelkrieg nur komisch fand. Plop. Diesmal hatte es den armen alten Pete erwischt. »Mich kriegen sie nie«, sagte Arthur. »Die mögen kein koscheres Fleisch.«

Vielleicht hatte er recht. Tatsächlich war er nicht dabei, verlebte wohl ein paar freudlose Urlaubstage in der Etappe, als es passierte.

Für alle außer dem fanatisierten Major stand das Ergebnis von vornherein fest. »Ich bin hier, um euch Männern zu sagen, daß es einen großen Durchbruch gegeben hat.« Nach einer Weile kam man hinter ihre Ausdrucksweise. Der »große Durchbruch« bedeutete lediglich, daß ein paar Milliarden Dollar in Form von Patronen, Bomben und Raketen auf einen bestimmten Fleck Vietnams niedergerieselt waren, eine kleine

Gruppe von Gelben, vielleicht zweihundert, aus ihren Bäumen gestiegen und lautlos in der Nacht davongeschlichen war, unter Zurücklassung einer harmlos wirkenden Schar von Bauern, die samt und sonders keine Hemmungen hatten, einen Ami-Soldaten hinterrücks abzuknallen und sich dann in aller Ruhe wieder ihrem Reisanbau zu widmen.

»Wir«, fuhr der Major fort, (»wir« bedeutete immer »ihr«) »werden diese Situation nach besten Kräften ausnutzen.«

Damit war das Schicksal der Kompanie besiegelt. Die Gelben bezogen inzwischen fünfundzwanzig Meilen weiter nördlich vorteilhaftere Positionen.

Aus einem ihm unerklärlichen Grund überkam ihn der brennende Wunsch, die Kontaktlinsen hervorzuholen und damit die kalten grauen Augen zuzudecken. Ja, er sah wirklich Jeff Kenny sehr ähnlich, nicht dem Jeff Kenny, wie er ihn zuletzt in Erinnerung hatte, einen von Fieber und Krankheit entkräfteten jungen Mann, der ihn überrascht angestarrt hatte, als er ihm ein Stück Sackleinwand übers Gesicht gelegt und sanft zugedrückt hatte, um sein Lebenslicht auszulöschen; sondern jenem Jeff Kenny, wie er ihn sich vorstellte.

Es war jetzt elf Jahre her, seit seine Mutter oder irgendjemand außerhalb des militärischen Bereichs ihn gesehen hatte. Unter normalen Umständen war das eine kurze Zeit für ein Gesicht, aber die Umstände waren eben nicht normal. Der Krieg war nicht normal, Verwundung und Kriegsgefangenschaft in Vietnam waren nicht normal.

Würde es klappen? Würde sie, würde seine Umwelt ihn akzeptieren? Er gedachte – und das war das Raffinierte an seinem Plan – nicht zu sagen: »Ich bin Jeff Kenny«, sondern er würde fragen: »Bin ich Jeff Kenny?«

Seltsam, er konnte sich kaum noch an Einzelheiten jener ruhmlosen Patrouille erinnern. Warum hatte man eigentlich ihn ausgewählt? Vielleicht hatte der Major ihn auf dem Kieker. Vielleicht war er aber auch einer der wenigen Männer der Kompanie, die noch nicht fix und fertig waren, von Drogen ebenso wie vom Krieg. Vielleicht hatte er sich dadurch, daß er meist den Mund hielt, den Ruf erworben, ein zuverlässiger Soldat zu sein.

Platschend zogen sie durch die Reisfelder, raschelnd kämpften sie sich durch das gottverdammte Bambusdickicht mit den rasiermesserscharfen Blättern, knirschend stampften sie über Stoppelfelder, keuchend ging es einen rutschigen Hügel hinauf. Die Gelben in ihren Baumnestern mußten ihr Anrücken seit

Stunden verfolgt haben.

Die eigentliche Feindberührung war nicht spektakulär: ein paar Garben Maschinengewehrfeuer, ein paar Runden gutgezielter Schüsse aus dem Hinterhalt, ein, zwei Granaten, die kakaofarbenen Staub aufwirbelten, dann herrschte Stille.

»Ich bin hier, um euch zu sagen, daß es einen großen Durchbruch gegeben hat und wir diese Situation nach Kräften ausnutzen werden.«

Offenbar war er geraume Zeit bewußtlos gewesen. Als er zu sich kam, hatte er das Gefühl, daß dort, wo seine untere Gesichtshälfte gewesen war, ein tiefes Loch klaffte. Der Tatsache, daß er der einzige Überlebende gewesen war, verdankte er es offenbar, daß die Gelben ihren Gefangenen nicht vom Fleck weg erschossen. Sie erhofften sich wohl von ihm Informationen.

Der junge Doktor mit dem unentwegten Lächeln schaffte ihn in eine Art Feldlazarett, das eher aussah wie die Szene eines Indianermassakers. Er hatte keine Ahnung, wie lange er dort blieb, wie lange er irgendwo blieb. Der Zeitbegriff ging ihm verloren. Schließlich setzten sie ihn in einen Laster, karrten ihn nach Norden, ließen ihn ein Stück marschieren, setzten ihn wieder in einen Laster, ließen ihn wieder marschieren. Gelegentlich stellten sie ihm Fragen über Truppenbewegungen und die Lage von Landebahnen. Vielleicht verstanden sie einfach nicht, was er sagte, die schlecht heilende Wunde machte ihm Schwierigkeiten beim Sprechen. Natürlich wußte er auch nichts über Truppeneinheiten oder Landepisten, aber er gab ihnen komplizierte Antworten, und sie waren zu höflich, um sich anmerken zu lassen, wie sehr er sie langweilte.

Eines Tages erreichten sie ein Dorf, um das ein Stacheldrahtzaun gezogen war. Das war das erste Lager, ziemlich nah an der Kampflinie. Und hier saßen die guten alten Majors und Captains und führten sich auf wie verarmte, ältliche Adlige, die in einer verkommenen kleinen Pension immer noch so tun, als seien sie im standesgemäßen *Grand Hotel*. Der einfache Landser versuchte, sie so weit wie möglich zu ignorieren.

Als er die ihm zugewiesene Baracke betrat, sprach einer der Kameraden die magischen Worte, die sein ganzes Leben ändern sollten: »Ich werd' verrückt! Hey, Jeff, da kommt dein Bruder, um dir Gesellschaft zu leisten.«

Zuerst kapierte er überhaupt nichts. Der junge Luftwaffenleutnant, der in der Ecke lag, hatte braunes Haar, während seins blond und in der Sonne noch heller geworden war. Jeffs Augen waren dunkelbraun, im Gegensatz zu seinen stahlgrauen, und er hatte keine häßliche frische Narbe, die seine linke Wange entstellte. Aber ganz allmählich erkannte er eine mögliche Ähnlichkeit. Sie waren fast gleich groß und hatten etwa den gleichen Gesichtsschnitt, obgleich man das jetzt durch die Narbe des Älteren (er war ein Jahr und neun Monate älter als Jeff Kenny) nicht mehr so genau vergleichen konnte. Schließlich mußte er zugeben, daß sie sich ähnelten. Beide fanden diese Entdeckung nicht gerade welterschütternd.

Als dann aber die feuchtwarmen, endlosen Tage sich in lähmender Langeweile aneinanderreihten, erfuhr er, daß sein Mitgefangener in der Ecke der Sohn eines berühmten Filmstars war. Er selbst war ein Cass-Kenny-Fan gewesen. Ihn, der selbst ein Einzelgänger war, hatten die Einzelgängertypen interessiert, die Cass zu spielen pflegte.

Dann ertappte er sich dabei, daß er, der Junge aus dem Elendsviertel, dessen Mutter verschwunden war, als er noch nicht drei war und an die er keine Erinnerung mehr hatte, gefesselt war von Kennys so völlig andersartiger Lebensgeschichte: Geld und Reisen – Rom, Gstaad, Paris, Madrid, München, Ibiza, England, New York, Venedig, Dubrovnik ... Während er seinem Kameraden zuhörte und ihn beobachtete, begriff er, daß die Ähnlichkeit nicht einmal nur oberflächlich bestand, sondern in tiefere Wesensschichten reichte. Und es war jene tiefere Ähnlichkeit gewesen, die dem Kameraden – einem nicht gerade besonders intelligenten Mann – aufgefallen war, als er gerufen hatte: Hey, Jeff, da kommt dein Bruder ...

Er hätte nicht sagen können, wann sich die Idee, diese phantastische Idee, in sein Unterbewußtsein eingeschlichen hatte. Oft stellte er sich in jenen Nächten vor, wie es wohl sein mochte, eine Kindheit, eine Jugend wie die eines Jeff Kenny zu erleben. Er war ganz sicher, daß die Idee lange vor Kennys Krankheit aufgehört hatte, eine Fiktion zu sein. Schon vorher hatte er, wenn sie abwechselnd unter der Behelfsdusche standen, verstohlen den Körper des anderen betrachtet, um zu sehen, ob er irgendwelche Unterscheidungsmerkmale aufwies – Muttermale, Warzen oder dergleichen. Er fand nichts, und von diesem Augenblick an war der Kurs – vielleicht ohne daß er es schon wußte – abgesteckt.

Wann drang der Plan aus seinem Unterbewußtsein in die Wirklichkeit vor, wann begann er danach zu schreien in die Tat umgesetzt zu werden? Eines Tages, während er sich über Kennys Matratze beugte und auf seinen mühsamen Atem horchte, das naßgeschwitzte, schmutzige Hemd betrachtete, wußte er, daß er sich in diesen Mann verwandeln konnte, daß er sich in diesen Mann verwandeln würde. Warum nicht? Was erwartete ihn, wenn er je wieder in die Heimat zurückkommen sollte? Er hatte nichts, worauf er sich freuen konnte, nicht einmal eine Familie. Er hatte eine kümmerliche Schulbildung, kein Geld, keine Freunde, und nach Krieg und Gefangenschaft auch keine Kraft mehr für die harte körperliche Arbeit, mit der er vorher sein Geld verdient hatte.

Was aber erwartete Jeff Kenny, wenn er überlebte? Ein Haus in Beverley Hills, eine reiche Mutter, die den heimkehrenden Helden mit Luxus überschütten würde, ein eigenes Einkommen, eine Ehe, von deren Fesseln besagte reiche Mutter ihn gekonnt befreit hatte, ein Kind, das ihn noch nie gesehen hatte, und eine Frau, die von Mama ans Ende der Welt verbannt worden war.

Später, wenn er an seine ersten detektivischen Bemühungen zurückdachte, war er entsetzt über seine Stümperhaftigkeit, über die tausend versäumten Gelegenheiten. Er erinnerte sich sehr deutlich, deutlicher als an die katastrophale Patrouille, der er dieses Abenteuer überhaupt zu verdanken hatte, an die Nacht, in der er schweißgebadet aus tiefstem Schlaf aufgefahren war, weil er gerade an das Blutgruppenproblem gedacht hatte.

So saß er, Tag für Tag, Nacht für Nacht, neben Jeff Kenny, ließ ihn nicht aus den Augen, wartete, daß die Fieberträume wichen, damit sie miteinander reden konnten.

Jede dieser Unterhaltungen war lohnend für den Mann, der seinen Doppelgänger erforschte, aber danach kam stets eine noch ergiebigere Phase, wenn Kenny wieder in seine Fieberphantasien zurückzufallen begann. Seine Stimme wurde undeutlich, die Pausen zwischen den Sätzen wurden länger, die fiebrigen braunen Augen in dem blassen, hageren Gesicht schlossen sich, aber die Stimme redete weiter.

Jetzt mußte man sich ganz nah über ihn beugen, um die Worte zu verstehen, und die Worte hortete er wie ein Geizhals seine Goldstücke. Nur gelegentlich hatten sie einen Zusammenhang mit dem, was der Kranke bei vollem Bewußtsein erzählte. Aber gerade diese Minuten der Kommunikation waren es, die ihm – für ihn unerklärlich, aber unumstößlich – die Gewißheit gaben, daß sein Plan gelingen würde.

Wenn Kenny dann schließlich schwieg, zog er sich in seine eigene Ecke zurück und verarbeitete das Gehörte, ging jede Einzelheit wieder und wieder durch. Notizen wagte er sich nicht zu machen. Die Gelben hatten etwas gegen Schriftliches. Sie würden ihm nur seine Zettel wegnehmen und vernichten.

Der harte Kampf ums Dasein in den Elendsstraßen der East Side von Los Angeles und der Umgang, den er damals gehabt hatte, waren für seinen Verstand nicht gerade förderlich gewesen. Es war wie ein Schock, als er entdeckte, daß er tatsächlich denken konnte, daß er über List, Scharfsinn und obendrein ein gutes Gedächtnis verfügte.

Neun Jahre später, um vier Uhr morgens vor dem Spiegel des *Sunset Plaza* begriff er, daß diese späte Entdeckung und der konzentrierte Gebrauch seines Verstandes als Machtmittel und Waffe sein Gesicht tatsächlich auf undefinierbare Weise geprägt hatten. Wahrscheinlich war es im wesentlichen diese Wandlung, der Ausdruck einer wachen Intelligenz, der die verblüffende Ähnlichkeit mit Jeff Kenny und zu einem gewissen Grade auch mit dessen Vater ausmachte.

Er erinnerte sich, daß damals viel von einer Evakuierung des ohnehin nur provisorisch errichteten Lagers gesprochen wurde. Der Kommandant hatte den dienstältesten amerikanischen Offizier gefragt, wie viele seiner Leute den langen Marsch nach Norden zu Fuß schaffen würden. Jeff Kenny gehörte auf keinen Fall zu ihnen. Die beiden Sanis waren sich darüber einig, daß seine Tage gezählt waren. Nur wenn es gelang, für die Kranken Lastwagen zur Verfügung zu stellen, so daß Kenny noch rechtzeitig in die Hände eines richtigen Arztes kam, blieb ihm eine kleine Chance.

Aber diese Chance durfte es natürlich nicht geben. Und deshalb mußte er sterben.

Es war seltsam, daß diese Tat, das Auslöschen des flackernden Lebenslichts von Jeff Kenny, ihn nie belastet hatte. Er machte sich oft Gedanken darüber. Trug er demnach eine Anlage zum Mörder in sich? Oder bedeutete die Tat nicht vielleicht vielmehr, daß alle Menschen die Anlage zum Mörder in sich trugen und ihre schönen Reden, Strafen und Moralpredigten einfach ein verspäteter Versuch war, die häßliche Wahrheit vor sich selbst zu verschleiern?

Er löste das Rätsel nicht. Er wußte nur, daß er eines Nachts, wie das in jeder Nacht fünf- oder sechsmal geschah, an Kennys Matratze getreten war, in einer Hand den Zuckersack, der ihm als Kopfkissen diente, daß Kenny wach gewesen war und ihm – begreifend, erleichtert, überrascht? – einen letzten nachdenklichen Blick zugeworfen hatte, während er ihm den Sack sanft übers Gesicht gelegt und nur ganz wenig zugedrückt hatte. Es hatte keinen Kampf gegeben. Fast war es, als hätte Jeff Kenny von Anfang an gewußt, daß dieser hilfsbereite und sonderbar neugierige junge Kamerad der Tod war, der Tod in zerrissenem Drillich, und als hätte er sich widerspruchslos in das Unvermeidliche gefügt.

Der Tod hatte noch eine Weile an Kennys Lager gehockt, hatte ihm Wasser eingeflößt und ein bißchen geflüstert wie sonst auch, für den Fall, daß der eine oder andere seiner Barackengenossen wach war und zusah. Dabei nahm er Kenny das Medaillon vom Hals, von dem er sich nie getrennt hatte, eine goldene Scheibe mit eingraviertem Auge. Aus einem Schlitz im Strohsack nahm er auch mehrere gefaltete Bogen Papier, die, wie er wußte, dort versteckt waren. Es war ein Brief an seine Mutter, den Jeff geschrieben hatte, als er ins Lager kam. Inzwischen hatte er die Hoffnung, ihn jemals abschicken zu können, längst aufgegeben.

Da war nun also wieder einer der Gefangenen in der Nacht gestorben. Nun ja, überraschend kam es nicht. Er wurde auf dem Hügel oberhalb des Lagers begraben, vier Tage, ehe der Marsch nach Norden beginnen sollte.

Das Medaillon und den gefalteten Brief hatte sein Doppelgänger in dem ausgefransten Saum seines linken Hosenbeins versteckt.

Große Taten gelingen nicht ohne Risiko. Bisher hatte er nichts riskiert, aber er wußte, daß er jetzt, wenn er wirklich Jeff Kenny werden wollte, etwas Entscheidendes unternehmen mußte. Er konnte es sich nicht leisten, mit diesen Männern, die ihn kannten, nach Norden zu marschieren.

Er hatte vor, abzuwarten und bei der ersten passenden Gelegenheit während des Marschs einen Fluchtversuch zu wagen. Aber während dieser Plan noch in ihm reifte, irrte sich einer seiner Landsleute auf einem Aufklärungsflug gründlich beim Kartenlesen.

Daß ein kleines, harmloses Kriegsgefangenenlager das Ziel eines so massiven Angriffs war, mußte selbst in der Geschichte dieses Krieges einmalig gewesen sein. Hört auf, um Himmels willen, hört doch auf! Seht ihr nicht, daß wir Weiße sind? Aber aus dieser Höhe, bei dieser Geschwindigkeit sah man keine Gesichter, sah man nur winzige, flüchtende Gestalten, die sich vor den Explosionen in den Staub warfen.

Als das Dach von der Baracke flog, hatte er sich in Bewegung gesetzt, war hinter den Gelben, die noch vor einer halben Minute seine Bewacher gewesen waren, den Hügeln zugerannt. Das Schicksal meinte es gut mit ihm. Eine Druckwelle schleuderte ihn in die Senkgrube des Lagers.

Als der Aufruhr sich legte (der Angriff konnte drei Minuten

gedauert haben oder drei Stunden, in dieser Bombenhölle stand die Zeit still), hatte er die Leiche eines Sanis hochgestemmt, die über ihn in die Jauchegrube geflogen war, hatte sich aus dem stinkenden, lebensrettenden Loch befreit und war hilflos würgend und spuckend am Rand liegengeblieben.

Er wußte, daß es auf dem Hügel, wo sie Jeff Kenny zur letzten Ruhe gebettet hatten, Wasser gab. Sein Gehirn schien, obgleich er in seinem Kopf nur ein lautes, unaufhörliches Dröhnen hörte, noch zu funktionieren. Er stand auf und schwankte dem Bach entgegen. Im Laufen riß er sich die Kleider vom Leib. Immerhin dachte er noch daran, die Hose anzubehalten, der Schätze wegen, die im Saum des linken Hosenbeins versteckt waren. Er kam an der ziemlich unversehrten Leiche eines Piloten vorbei, eines gewissen Sullivan, der Jeff Kenny flüchtig gekannt und ihn während seiner Krankheit ein- oder zweimal besucht hatte. Er kniete nieder und nahm Sullivan Hose und Hemd ab, die noch die Insignien der Luftwaffe trugen. Seine fixe Idee, stellte er fest, war noch voll erhalten. Auch ein paar hunderttausend Tonnen Sprengstoff hatten ihr nichts anhaben können. Selbst daran, Sullivans Stiefel an sich zu nehmen, dachte er.

Das Wasser sah weder sehr sauber noch sehr erfrischend aus, aber schlimmer als die Senkgrube konnte es kaum sein. Er ließ die Kleidungsstücke fallen und warf sich, von Ekel geschüttelt, in das Rinnsal. Danach mußte er sich wieder übergeben. Später nahm er das Goldmedaillon mit dem Auge und den Brief an Mrs. Kenny aus seiner Hose und warf den stinkenden Lumpen so weit von sich, wie seine schwachen Kräfte es erlaubten. Dann zog er Sullivans Kluft an, legte sich an Ort und Stelle hin und schlief ein.

Als er aufwachte, war es dunkel. Er hatte Hunger und wußte, er mußte schleunigst das Stück verbrannte Erde, das einst ein Lager gewesen war, hinter sich lassen. Sehr bald würde man den Rest seiner Kameraden sammeln, wegführen und möglicherweise erschießen. Und dem mußte er um jeden Preis entgehen.

Was dann mit ihm geschah, konnte er sich später nur unvollständig zusammenreimen. Vage erinnerte er sich, daß er immer hungriger wurde, daß er Beeren und Früchte verschlang, soweit sie einigermaßen eßbar aussahen, daß er Durst hatte und Wasser trank, das bestimmt nicht trinkbar war. Und er erinnerte sich, daß er durch eine Landschaft taumelte, die immer unwirtlicher wurde. Manchmal versteckte er sich vor Menschen, aber er wußte nie genau, ob es diese Menschen wirklich gab, oder ob sie nur in seinen Fieberphantasien existierten.

Er hatte keine Ahnung, an welchem Tag das Lager von den B 52 ausradiert worden war, und er wußte auch nicht so recht, wo es gelegen hatte. Als er schließlich zu sich kam und feststellte, daß man den 17. Oktober 1965 schrieb und er jetzt in einem anderen Kriegsgefangenenlager nicht weit von Hanoi lag, bedeutete das nicht viel für ihn.

Er war aber überrascht und beeindruckt von seinem ausgeprägten Selbsterhaltungstrieb, der ihm eingab, nur nicht zu schnell publik werden zu lassen, daß er wieder bei Bewußtsein war. Anscheinend lag er in einer Krankenbaracke, allerdings wohl nicht in einem richtigen Lazarett. Ein amerikanischer Militärarzt hatte dort die Oberleitung. Lange ehe er die Augen, geschweige denn den Mund, öffnete, stellte er befriedigt fest, daß man ihn für einen Angehörigen der Luftwaffe hielt. Vermutlich hatte man das aus den Resten von Sullivans Uniform geschlossen, die noch an ihm hingen, als er ins Lager gebracht wurde. Sein Name, Rang und Erkennungsnummer waren unbekannt.

Im Grunde sah es aus, als habe sich alles ganz nach Wunsch gefügt, obgleich sein eigentlicher Plan völlig schiefgegangen war.

Bestimmt war er nicht der einzige Soldat in der Baracke, der eine Kopfverletzung hatte. Wenn er ein bißchen absonderlich wirkte, würde das niemanden wundern. Major Hart – soviel hatte er sehr schnell mitbekommen – hatte sich damit abgefunden, daß er für einen Fall wie den seinen nichts tun konnte, und konzentrierte klugerweise seine Kraft und seinen minimalen Medikamentenvorrat auf Patienten, die in akuter Gefahr schwebten.

Als er sich einigermaßen gefangen hatte und der Meinung war, daß er jetzt nichts mehr über seine Kameraden und das wenige, was sie über ihn wußten oder dachten, erfahren konnte, ließ er sich stöhnend und ächzend ins Bewußtsein zurückbringen.

Der Major wurde geholt. Er wirkte sympathisch und gab dem Patienten eine Menge Auskünfte, die dieser sich zum größten Teil schon längst auf eigene Faust beschafft hatte. Dies, wußte er, war die erste von vielen ärztlichen Untersuchungen, die er über sich würde ergehen lassen müssen. Würde es ihm gelingen, Major Hart davon zu überzeugen, daß durch die Verletzung und den Schock des langen Dschungelmarsches sein Gedächtnis gelitten hatte?

Im Laufe der Befragung wurde er immer zuversichtlicher. Sein Name? Seine Einheit? Der Flugzeugtyp?

Er starrte den älteren Mann mit dem freundlichen Gesicht hilflos an. »Mein Gott, ich – mein Name? Mein ... Es war – ein Bomber, nicht? Mehr als einer. Mein Name? Ich schwöre Ihnen, Doktor, ich weiß ihn nicht. Was – was bedeutet das? Er fällt mir einfach nicht ein. Was ist mit mir, Doktor? Bin ich plemplem? Um Himmels willen, ich weiß meinen eigenen Namen nicht.«

Er mußte die sich steigernde Hysterie recht gut gebracht haben. Der Arzt machte ein sehr ernstes Gesicht. Die anderen Männer in der Baracke, die interessiert zugehört hatten, rissen Mund und Augen auf.

Als der Arzt eine Hand in die Tasche steckte und etwas Glitzerndes hervorzog, das er vor ihm hin- und herbaumeln ließ, brauchte er den Schock nicht zu spielen. Das Medaillon blitzte ihn mit seinem goldenen Auge an. Er stöhnte auf und griff danach. »Das gehört mir. Meine Mutter ... Ich war in Europa ...« Seine Stimme erstarb. Der Arzt hatte wahrscheinlich den französischen Text auf der Rückseite des Medaillons gesehen.

»Europa?«

Aber die Erinnerung des Patienten war anscheinend schon wieder erloschen. Er hielt das Medaillon in zitternden Fingern und starrte es an.

»Und das da?«

Auf den Brief war er gefaßt gewesen. Wenn die Gelben ihm das Gold nicht gestohlen hatten, war kaum anzunehmen, daß jemand die verknüllten Blätter hatte mitgehen lassen, die noch immer nach Senkgrube stanken. Er starrte sie blöde an, ohne sie zu lesen (dabei kannte er den Brief praktisch auswendig), und überlegte wie schon so oft, ob er es jemals fertigbringen würde, Jeff Kennys eigenwillige Handschrift nachzuahmen. Vielleicht war es besser, sich auf irgendeine nicht zu schmerzhafte Art die rechte Hand zu verletzen. Damit war dann auch dieses Problem gelöst.

Er erfuhr, daß er seit fünf Wochen fiebernd im Lager lag, daß ihm der Arzt bei seiner Ankunft nicht viele Überlebenschancen gegeben hatte, aber daß er dank seiner unverwüstlichen Konstitution jetzt über dem Berg war (und natürlich – was niemand wußte – dank seiner fixen Idee, die ihn am Leben gehalten hatte).

Er hängte sich das Medaillon wieder um den Hals und bearbeitete den Brief an Virginia Kenny. Die Ecke der ersten Seite feuchtete er an, so daß das Datum unleserlich wurde, und die dritte Seite, die ein wenig zu genaue Fakten brachte, ließ er ganz verschwinden. Er hatte wenig Hoffnung, den Brief je abschicken zu können, aber eines Tages, als ein – allerdings trügerisches – Ende des Krieges schon fast abzusehen war, erschien ein Briefkasten im Lager. Er schrieb in sauberen Druckbuchstaben die Adresse auf den Umschlag und vertraute ihn dem Kasten an. Ob er je sein Ziel erreichen würde, wußte er natürlich nicht. Manchmal fragte er sich, ob er sich überhaupt die Mühe gemacht hätte, wenn er damals geahnt hätte, daß seine Gefangenschaft noch sieben lange Jahre dauern würde.

5

»Sieben Jahre«, wiederholte die warmherzige Rose Maddox entsetzt.

Er nickte schicksalsergeben – hoffentlich nicht zu schicksalsergeben, dachte er. Übertreiben durfte er nicht. Sie war viel zu intelligent, um so etwas nicht zu merken. Gleichzeitig warf er in diesmal nicht gespielter Ergebenheit einen Blick auf die Rechnung, die der Kellner soeben diskret auf den Tisch gelegt hatte. Sie war vornehm gefaltet, aber die Gesamtsumme war leider nur zu deutlich sichtbar.

Immerhin war es gut zu wissen, daß seine Planung wieder mal perfekt klappte. Es wäre sehr viel einfacher und billiger gewesen, nicht diese komplizierte Rolle für sich zu erfinden. Der an Gedächtnisschwund leidende Jeff Kenny hätte in jeder Gesellschaftsschicht wieder auftauchen können, zum Beispiel auch am Rand der Subkultur. Aber dort hätte er unmöglich ein Mädchen wie Rose kennenlernen und an sich binden können. Zudem hätten die Hippiemädchen bei gewissen Leuten allzu bittere Erinnerungen an Jeffs Ex-Ehefrau, die schreckliche Holly, geweckt. Der Flug nach Denver, die Rolle des Jungmanagers, sogar diese astronomische Rechnung hatten sich ausgezahlt.

»Und du – du meinst, du weißt noch immer nicht ... Du erinnerst dich immer noch an nichts?«

»Nicht die Spur. Aber das ist auch jetzt nicht mehr wichtig.«

»Natürlich ist es wichtig«, widersprach sie entrüstet. Er schüttelte traurig den Kopf, bestrebt, ihre Beschützerinstinkte noch weiter zu aktivieren.

»Aber James, du könntest ...«

»Ein Rockefeller sein?« ergänzte er lächelnd. »Weißt du, das ist alles schon so lange her. Mir geht's ja nicht schlecht, ich bin ich, ich werde schon meinen Weg machen.«

»Du hast nicht einmal einen richtigen Namen.«

Er sah in ihre sanften grünen Augen, die so gut zu dem roten Haar paßten. »James White – damit bin ich ganz zufrieden.«

»Aber es ist nicht dein richtiger Name. Ich meine, wie ...«

»Ich hab ihn in dem Klapskasten bekommen, in den sie mich einwiesen, als ich zurückkam.« Er zuckte wieder die Schultern, weil er wußte, je gleichmütiger er sich gab, desto eifriger würde sie bemüht sein zu beweisen, daß er tatsächlich ein verschollener Rockefeller war.

In der Klinik – dem Aldington Institute – war ihm ein gefährlicherer Gegner erwachsen als der joviale Dr. Hart und seine Nachfolger in Vietnam. Allerdings waren auch hier die Schwierigkeiten nicht unüberwindlich. Dr. Kallman, der ihn betreute, war ein zutiefst human eingestellter Arzt, der nicht die Absicht hatte, das Leid, das der Kriegsgefangene schon zu tragen hatte, noch zu vergrößern. Er war davon überzeugt, daß das Gedächtnis eines Tages, wenn man Geduld hatte, durchaus wiederkehren konnte. Wichtig war es jetzt, den Mann so schnell wie möglich wieder ins Alltagsleben einzugliedern, ihm Arbeit zu beschaffen, die materiellen Sorgen zu nehmen, ihm zu dem Geld zu verhelfen, das ihm zustand, und im übrigen auf die Zeit zu vertrauen, die ja bekanntlich viele Wunden heilte. »In gewisser Beziehung haben Sie Glück«, hatte er gesagt. »Manche Menschen würden alles dafür geben, noch einmal von vorn anfangen zu können.«

Rose war entschlossen, beim Thema zu bleiben, ob es ihm nun paßte oder nicht. »Aber dieser – dieser Klapskasten, wie du sagst, hat doch bestimmt versucht, herauszufinden ...«

»Na klar. Die Leute waren ganz toll.« Tatsächlich hatten sich die hochintelligenten Spezialisten für seinen Fall sehr interessiert, besonders für das goldene Medaillon mit dem seltsamen Auge darauf, was ihm natürlich äußerst unbehaglich gewesen war. Seine Verzweiflung, als sie ihm den Talisman wegnahmen, war durchaus echt. Dr. Kallman hatte Anweisung gegeben, ihm die Kette sofort zurückzugeben, und sein Patient hatte sich beruhigt wie ein Baby, dem man den Schnuller wieder in den Mund steckt.

Er hatte ein Vierteljahr in der Klinik verbracht und sich dort recht wohl gefühlt. Dr. Kallman wollte ihn während seines Rehabilitationstrainings beobachten, und Dr. Morton und Dr. McAlistair wollten feststellen, ob die quälenden Kopfschmerzen vielleicht doch auf eine nicht ausreichend behandelte Gehirnverletzung hindeuteten.

Zumindest konnte er ihnen überzeugend darlegen, daß er eine anständige Schule besucht hatte. In den endlosen Jahren der Kriegsgefangenschaft hatte er alles gelesen, was ihm unter die Finger gekommen war, sein gerade erst wach gewordener Geist verlangte nach Nahrung. Als er entlassen wurde, hatte er sich weit entfernt von dem stumpfen, ungelernten Arbeiter, als der er vor so vielen Jahren eingezogen worden war. Wenn Lektüre knapp war, und das war sie meist, wandte er sich an die gebildeteren unter seinen Kameraden und fragte sie aus, was sie sich auch gern gefallen ließen.

Rose Maddox, die sich in dem teuren Restaurant umgesehen und die Gäste an den umliegenden Tischen gemustert hatte, sagte: »Der Job, den sie dir beschafft haben, muß recht einträglich sein.« Sie umfaßte mit einer vielsagenden Geste den Raum.

»Ich bin Produktionsanalytiker.« Er zog ein Gesicht.

»Was bedeutet das?«

»Für mich bedeutet es – Torte.«

Sie lachte. »Kapiere. Du sitzt in einem Eckchen der Tortenfabrik, und wenn eine Torte am Fließband an dir vorbeirollt, beißt du ein Stück ab, um es zu analysieren.«

Wenn sie lachte, war sie wirklich ein sehr begehrenswertes Mädchen. Zuerst hatte er den Verdacht gehabt, sie sei beruflich ein Versager, schon weil sie einfach nicht hübsch genug war. Aber wenn sie es fertigbrachte, diese verführerische Ausstrahlung auch auf ihre Rollen zu übertragen, mußte sie doch eine gute Schauspielerin sein.

»Die Wirklichkeit sieht leider bedeutend langweiliger aus. Ich beschäftige mich mit den Rohstoffen für die Herstellung, z. B. wieviel Apfeltorte man aus soundsoviel Pfund Apfelschnitzel machen kann. Fesselnde Fragen, nicht wahr?«

»Ich sehe«, sagte sie und überließ ihm nicht ungern ihre Hand, »daß du keinen Nachtisch bestellt hast.«

»Du weißt ja, wenn man erst mal hinter die Kulissen gesehen hat . . .«

Es war ein guter Job gewesen und nicht schwierig zu erlernen. Gegen Ende seiner Rehabilitationszeit hatten sie ihn zur Ausbildung in eine nahe gelegene Fabrik geschickt. Dr. Kallman hatte festgestellt, daß er sich damit abgefunden hatte, keine Vergangenheit zu haben, wenn er auch – das spielte er immer recht wirkungsvoll – nach wie vor an akuten Depressionsphasen litt. Dr. Morton und Dr. McAlistair hatten sich offensichtlich davon überzeugt, daß zwar die Kopfschmerzen nicht nachgelassen hatten, aber kein Anzeichen einer Gehirnschädigung vorlag und bestimmt nicht zu fürchten war, daß er durch die Lande ziehen und harmlose alte Damen umbringen oder Kinder aus der Wiege stehlen würde.

Nach Abschluß der Ausbildung besorgten sie ihm eine Stellung in einer kleinen Fabrik in Greenstown, in der Nähe von Springfield in Missouri. Diese Wahl bestätigte seine Überzeugung, daß es ihm erfolgreich gelungen war, sie über seinen Geburtsort zu täuschen. Offensichtlich hofften sie, vertraute Landschaftsbilder, bekannte Gesichter in Missouri könnten Assoziationen und dadurch eine völlige Wiedererlangung seines Gedächtnisses auslösen.

Rose erwiderte den leichten Druck seiner Hand und fragte: »Bist du also zum Tortenkosten hier?«

Er schüttelte den Kopf. »Ich habe mich gestern um den Job eines Produktionsleiters beworben.«

»Und wann erfährst du, ob du den Job bekommst?« Wie jede Schauspielerin kannte sie die Qualen der Wartezeit nach dem Vorsprechen und konnte sich in seine Lage versetzen.

»Keine Ahnung. Vielleicht hat auch ein Direktor einen Neffen, der scharf auf die Stelle ist. Du weißt ja, wie das geht.«

Das wußte sie nur zu gut. Seufzend starrte sie in ihre Kaffeetasse. »Wenn ich denke, daß ich dir gestern unaufhörlich von meinem langweiligen Liebesleben vorgeschwatzt habe, obwohl du selber so schreckliche Sorgen hast! Du mußt mich für eine gräßlich egoistische Person halten.«

Er schüttelte lächelnd den Kopf und streichelte mit dem Daumen ihren Handrücken. Der Produktionsleiterjob war nicht völlig aus der Luft gegriffen, obgleich er natürlich keine Chance hatte, die Stelle zu bekommen. Er hatte morgens die Anzeige in der *Los Angeles Times* gesehen und sich sofort beworben. Längst wußte er, daß man um so besser fuhr, je weniger man sich in Lügen verstrickte. Fünf Monate lang war er bei der Susan Sackville Inc. in Greenstown geblieben. Niemand hatte ihn gefeuert, vermutlich waren sie also ganz zufrieden mit ihm gewesen.

Danach hatte er sich beim Betriebsarzt der Firma gemeldet und ihm eröffnet, die Kopfschmerzen hätten sich verstärkt. Der Arzt, der natürlich vom Aldington Institute instruiert worden war, meinte, er brauche wahrscheinlich Ruhe. Es würde lange dauern, bis er vollständig eingegliedert und für den Streß und die Belastungen des modernen Wirtschaftslebens wieder fit war. Was die finanzielle Seite betraf, meinte der Arzt, würden ihm sicher die Veteranenverwaltung oder die Klinik unter die Arme greifen.

Jetzt mußte er geschickt taktieren. Er wußte, daß die Zeit für die nächste Phase seines Plans reif war, und dabei konnte er weder die Veteranenverwaltung noch die Klinik gebrauchen. Deshalb erklärte er stockend, vorsichtig, Meinungen und Empfindungen des Arztes abtastend, er wolle nicht mehr als Kranker behandelt werden. »Sehen Sie, Doktor, ich glaube, jetzt reicht's. Ich muß mich nun wohl mit der Tatsache abfinden, daß ich keine Vergangenheit habe. Aber wahrscheinlich haben Sie recht, ich brauche Ruhe, Entspannung. Ich habe einiges gespart, von meinem Gehalt und von der Soldnachzahlung.« Die Nachzahlung, nach neun Jahren eine erkleckliche Summe, hatte er noch gar nicht angetastet. »Und da möchte ich jetzt ein bißchen reisen, Doktor, mir mal ansehen, wie die Welt aussieht, in die ich zurückgekommen bin.«

Der Arzt hatte gefunden, daß dieses Vorhaben Charakter und Unternehmungsgeist bewies. Natürlich mußte er die Klinik von der Entscheidung des Patienten unterrichten, legte diesem aber sonst keine Steine in den Weg.

Er verließ also die Sackville Inc., kaufte sich Jeans, eine Lederjacke und die Buschkappe und ließ sich einen Bart stehen. Er brachte seinen Wagen zu dem Autohändler zurück, bei dem er ihn erstanden hatte, und tauschte ihn gegen einen praktischen, aber schon ziemlich klapprigen Kombi ein. Am nächsten Morgen machte er sich auf die Reise nach Kalifornien. Einen Tag später begann er, sich mit dem Tun und Treiben seiner Mutter Virginia Kenny und seiner Tochter Joanne Christina vertraut zu machen.

Für Rose stand es so ziemlich fest, daß dieser attraktive und zweifellos erfahrene Mann vorgesehen hatte, den Abend im Bett zu beenden. Zuerst hatte sie sogar den Verdacht gehabt, daß die Geschichte von der Kriegsverletzung und dem Gedächtnisschwund ein geschickter Dreh war, um ihr Mitleid zu wecken und sie um so leichter zur Kapitulation zu bringen. Jetzt schämte sie sich ihres Verdachts. Paul, ja, Paul wäre ein solcher Schachzug zuzutrauen gewesen, aber dieser Mann war nicht Paul, und die Kriegsverletzung, das bewies schließlich die Narbe, war echt. Trotzdem hatte er etwas Schauspielerhaftes an sich. Was es war, hätte sie nicht sagen können. Aber sie kannte sich aus mit Schauspielern. Sie nahmen es nicht so genau mit der Wahrheit, ohne daß man sie direkt als Lügner bezeichnen konnte, denn die Fähigkeit zu lügen und ein Publikum von dieser Lüge zu überzeugen, gehörte nun einmal zu ihrem Beruf.

Dieser attraktive Mann, dessen feste, trockene Hand so sanft und doch so bestimmt die ihre hielt, war kein Schauspieler. Er war Produktionsanalytiker für Torten. Wenn er trotzdem nicht die Wahrheit sagte, so verfolgte er damit eine bestimmte Absicht. War es ihm nur darum zu tun, sie in sein Bett zu manövrieren oder sich selbst in das ihre? Er war charmant und mit allen Wassern gewaschen.

Rose Maddox war kein leichtfertiges Mädchen, sie ließ sich nicht wahllos mit Partnern ein, und sie hatte nie mit einem Mann geschlafen, um in ihrer Karriere weiterzukommen.

Sie stammte aus der Londoner Arbeiterklasse. Ihr Vater war Fahrer bei Selfridges gewesen, ihre Mutter hatte Büros geputzt. Sie selbst hatte sich das Geld für die Schauspielschule verdient, indem sie an den Abenden und den Wochenenden als Kellnerin gearbeitet hatte. Eines Tages hatte sie ihre Chance bekommen und genutzt. Mit einer winzigen Rolle eines erfolgreichen Stückes war die Verpflichtung verbunden gewesen, notfalls als Ersatz für die jugendliche Liebhaberin einzuspringen. Diese hatte Gürtelrose bekommen, und Rose Maddox durfte sich in ihrer Rolle austoben.

Wohlwollende Kritiken verschafften ihr eine jetzt schon durchaus ansehnliche Rolle in einem Musical. Die Zeitschrift *Vogue* klopfte an, um ein paar Aufnahmen von ihr zu bringen, das führte zu einer wirklich guten Rolle, und damit stand der weitere Kurs fest: Broadway, die Tournee quer durch Amerika, und Paul – der vierte in einer Reihe enttäuschender Männer in ihrem Leben.

Und hier saß sie nun, Hand in Hand mit einem neuen, sympathischen und leider auch sehr aufregenden Mann. Sie spürte, daß er nicht das war, was er vorgab. Aber – machten das nicht alle Männer so? Eine sehr leise und ein wenig unsichere Stimme hatte ihr das ganze Essen hindurch zugeflüstert, daß es gefährlich war, sich hier zu engagieren.

Der Mann, der zugegeben hatte, daß er nicht James White hieß, sagte: »Hey!«

Sie hob wie ertappt den Kopf und blickte in die sanften braunen Augen. Sie tränten ein bißchen, aber er hatte ihr erklärt, daß daran die Kriegsverletzung schuld war.

»Komm zurück«, sagte er. »Ich fürchte mich ohne dich.«

»War ich so weit weg?«

»Das weißt du ganz genau«, gab er zurück. Und dann beugte er sich zu ihr und fügte leise hinzu: »Schick diesen blöden Paul endlich weg. Ich habe *dich* zum Essen eingeladen und nicht ihn.«

Sie lächelte. Er wußte, daß sie nicht nur über Paul nachgedacht hatte, sondern auch über ihn. Nun ja, intelligent hatte das Mädchen sein sollen, das er suchte. Es war ganz klar, daß ein kluges Mädchen ihn recht gründlich unter die Lupe nehmen würde. Aber er mußte nun bald wissen, ob sie für ihn die Richtige war oder ob er nach einer anderen Ausschau halten mußte. Hoffentlich nicht, dachte er. Sie paßte ihm in jeder Beziehung so gut in den Kram. Es konnte Wochen dauern, bis er auf ein weibliches Wesen stieß, das auch nur halb so geeignet war wie Rose.

Mit diesen verdammten Kontaktlinsen mußte etwas nicht stimmen, sie brachten ihn noch um. Wie, zum Teufel, sollte er sie noch eine Stunde, geschweige denn zwei oder drei, tragen? Er tupfte sich mit der Serviette die Augen.

Das Schicksal ist unberechenbar. Denn gerade diese Bewegung, zu der er sich nur ungern entschlossen hatte, lieferte Rose blitzartig die Erklärung. Natürlich war er nicht das, was er vorgab zu sein, natürlich hatte er etwas Schauspielerhaftes an sich, und natürlich wirkte er manchmal sogar wie ein Lügner. Wie hatte sie nur so blind sein können? Jawohl, er schauspielerte und log. Was blieb ihm denn anderes übrig, dem Ärmsten, da er ja seine wahre Identität verloren hatte?

Jeder Schauspieler mußte sich seine Rolle erarbeiten, das war oft genug eine Quälerei. Dieser Mann aber mußte sich ein ganzes Leben neu erarbeiten. Und sie, Miss Neunmalklug, hatte hier gesessen und sich Gedanken darüber gemacht, ob vielleicht etwas faul an ihm war. Schäm dich, Rose Maddox, was bist du doch für eine mißtrauische Person!

Einige Stunden später, als sie entspannt nebeneinander auf seinem Bett im *Sunset Plaza* lagen, konnte er wie selbstverständlich sagen: »Weißt du, es ist komisch . . .« Lange Pause.

»Was denn, Liebling?« Sie wandte sich ihm zu, den Kopf auf seinen starken Arm gestützt. Er starrte an die Decke. Sie konnte seine Augen kaum erkennen. (Er hatte die Kontaktlinsen herausnehmen müssen und die Beleuchtung entsprechend gedämpft.)

»Was ist komisch?«

»Tja, ich hatte immer das Gefühl, daß ich – daß meine Familie im Mittelwesten gelebt hat. Aber als ich dort meinen Job hatte, habe ich nichts empfunden, ich habe ständig darauf gewartet, etwas Bekanntes, Vertrautes zu sehen, aber nach einer Weile . . .« Er schüttelte den Kopf. »Es hat sich nichts in mir gerührt. Die Stadt war ein Ort wie jeder andere. Als ich dann hierher kam, nach Los Angeles, war es . . . Aber du denkst jetzt sicher, ich spinne.«

»Sprich weiter.« Sie strich mit den Fingerspitzen leicht über die Narbe. Er zog sich noch ein wenig tiefer in den Schatten zurück, da er wußte, wie genau sie ihn musterte, und gab ihr einen Kuß.

»Weißt du, manchmal ergeht es einem ganz sonderbar. Es war hier, als ob – als ob sich eine Tür geöffnet hätte. Und dann habe ich gedacht: Ach, Unsinn. Spielt gar keine Rolle.« Er lächelte und legte ihr einen Finger auf die Lippen, ehe sie sprechen konnte. »Ich war kein Rockefeller, mein Schatz.«

»Du weißt ja nicht, wer du gewesen bist. Und denk doch mal, es gibt vielleicht Leute, liebe, gute Leute, die glauben, sie hätten ihren Sohn verloren, ihren einzigen Sohn, und die darüber trauern, heute noch. Frauen kommen über so einen Verlust nie hinweg. Wie kannst du die Vorstellung, daß irgendwo, vielleicht nur eine Meile von hier, eine Frau um dich weint, ertragen?«

In dem Halbdunkel wirkte sein Profil sehr hart, sehr verschlossen, wie aus Stein gehauen. »Vielleicht«, sagte er, »komme ich aber auch aus verheerenden Verhältnissen. Vielleicht war meine Mutter eine Schlampe, die mich im Stich gelassen hat, als ich noch ganz klein war, ehe ich mich überhaupt an sie erinnern konnte. Vielleicht war mein Vater ein Säufer, der sein Leben lang keine ehrliche Arbeit getan hat, und wir haben in einem dieser verlotterten Reihenhäuser auf der East Side gewohnt; ich wette, du kennst East Los Angeles nicht, das haut dich um. Vielleicht habe ich da mit Bruder und Schwester in einem Zimmer hausen müssen, und wir haben jede Nacht wachgelegen und zugehört, wie unser Alter irgendeine besoffene Hure gefickt hat, die er in einer Kneipe in der Nachbarschaft aufgelesen hatte ...« Er brach ab, entsetzt über sich selbst, entsetzt über seine Unvorsichtigkeit, und noch entsetzter über die Erleichterung, die er nach diesem Augenblick der Wahrheit empfand, nach wenigen Sekunden nackter Wahrheit, eingebettet in die Lüge, mit der er seit so vielen Jahren selbst in seinen geheimsten Gedanken lebte.

Mein Gott, dachte er, wenn Rose so auf mich wirkt, mache ich lieber gleich Schluß.

Natürlich hatte sie die seltsame, bittere Leidenschaft bemerkt, die sich in seine Stimme geschlichen hatte. Sie betrachtete ihn noch immer aufmerksam, aber jetzt mit leicht gerunzelter Stirn. Er wußte noch nicht, daß sie jetzt, nachdem sie sich ihm gegeben hatte, nicht mehr das Mädchen war, das er zum Essen ausgeführt hatte. Ihre Entscheidung stand fest. Er war das fünfte lebende Denkmal in ihrer zweifelhaften Männergalerie geworden.

»Vergiß es«, sagte er rauh. »Ich sag dir ja, mir ist es egal, wer ich war.«

Sie legte die Arme um ihn und hielt ihn fest. »Mach dir keine Sorgen«, sagte sie sanft. »Du warst acht Jahre lang in Kriegsgefangenschaft, du bist schwer verwundet worden und hast dein Gedächtnis verloren.« Er spürte, wie sie leicht mit ihren Lippen über sein Gesicht streifte. »Irgendwie muß das alles mal raus. Pack es mir auf, mein Liebling. Dazu bin ich ja da, dazu haben wir uns ja kennengelernt.«

Und damit war es aus. War er entsetzt gewesen von seinem unbeherrschten Anfall von Wahrheitsliebe, so war das noch gar nichts gegen das Entsetzen, das ihn packte, als er Tränen, richtige Tränen in sich aufsteigen fühlte.

Er kämpfte in ohnmächtiger Wut gegen sie an. Zwecklos. Dieses miese, billige, verlogene, englische Flittchen, hatte ihn geschafft.

Sie hielt ihn ganz fest, ohne zu wissen, worum er weinte. Wo war seine Mutter gewesen, als er mütterliche Wärme brauchte? Sein Vater, stockbetrunken, hatte ihn einmal so verprügelt, daß er gegen den Herd getaumelt war und seine Kleidung Feuer gefangen hatte. Die Narben waren heute noch zu sehen. Nur die Geistesgegenwart seiner damals zehnjährigen Schwester hatte ihn gerettet. Als sein Vater gestorben war, hatte er ihm Geld aus der Tasche genommen, hatte einem Sterbenden fünfundzwanzig Dollar gestohlen. Was hatte Jeff Kenny ihm mit jenem letzten Blick sagen wollen, als er die Sackleinwand über sein Gesicht deckte?

Er weinte, sie hielt ihn fest, und in diesen Aufruhr seiner Gefühle hinein flüsterte seine fixe Idee ihm zu: »Siehst du, du hast recht gehabt. Sie ist die Richtige. Peinlich, peinlich, dieser Tränenstrom. Aber laß nur, einen besseren Test gibt es nicht. Hast du gehört, wie sie reagiert hat: ›Irgendwie muß das alles mal raus. Pack es mir auf, mein Liebling, dazu bin ich ja da.‹ Mann, das war doch Spitze!«

Noch unter Tränen, während er sich für seine Schwäche verfluchte und noch nicht wußte, daß in den Augen mancher Frauen die Schwäche eines Mannes seine größte Stärke ist, begriff er, daß sie genau die richtige war. Das Glück, sein Gefährte in all den Jahren, war ihm noch immer treu.

Als der Sturm abebbte (nur gut, daß er nicht seine Kontaktlinsen getragen hatte, wahrscheinlich hätte er bei der Heulerei die verdammten Dinger verschluckt), wurde ihm klar, daß dieser Ausbruch unerwünschter Emotionen ihn bei Rose weitergebracht hatte als viele Tage sorgfältig geplanter Manipulation. Er trocknete sich die Augen am Bettbezug, spürte dankbar die warmen, weichen Arme, die ihn schützend umgaben, und war mit sich und der Welt recht zufrieden.

Hätte er gewußt, was sich in diesem Augenblick in der Bibliothek des Upper Canyon Circle Nummer 234 abspielte, wäre ihm das eine Bestätigung gewesen, denn es schien, daß seine Sterne in jeder Beziehung günstig standen. Die Entscheidung war nahe.

6

Murray Forde hatte sich, unerschütterlich wie ein Fels in der Brandung, vor Virginia aufgebaut. »Nun sei doch mal vernünftig, Virginia«, sagte er. »Du behauptest, du hättest die größte Lust, diesen Luxusschuppen dichtzumachen, um wieder nach Europa zu gehen. Du behauptest, das Kind möchte gern nach Europa. Und ich – ich wohne dort ... Okay, du willst mich also nicht heiraten. Vielleicht überlegst du es dir noch, das hoffe ich jedenfalls, vielleicht auch nicht, aber wie dem auch sei ...« Er hob in einer beredten Geste die Hände. Für ihn war alles sonnenklar. Sie würde ihn nach Frankreich begleiten und bei ihm wohnen.

Virginia erinnerte sich, wie sie vor ein paar Wochen zu ihrer Überraschung festgestellt hatte, daß der Tod ihres Mannes für sie unmittelbarer, wirklicher war als der Tod ihres Sohnes. Seinerzeit hatte sie sich gefragt, ob sie deshalb eine Rabenmutter war. Sie wußte jetzt, daß sie das mit gutem Gewissen verneinen konnte. Es hing alles mit jenem Brief zusammen, den zwei zerknitterten und verdreckten Seiten, die so viele Jahre nach der Vermißtenmeldung aufgetaucht waren. Sie wirkten reichlich mitgenommen, diese Blätter. Es war durchaus denkbar, daß jemand sie in einer Regung schlechten Gewissens oder flüchtigen Mitleids gefunden und an sie geschickt hatte. Es war sehr viel wahrscheinlicher, daß ihr Sohn, wie die amtliche Mitteilung andeutete, tatsächlich nicht mehr am Leben war (der Brief enthielt keinerlei Daten), und daß diese Fetzen Papier, mit seiner Schrift bedeckt, ihr ein höhnisches Geschick nachträglich in die Hände gespielt hatte. Und doch ...

Sie seufzte. Nein, es hatte keinen Zweck, den Kopf in den Sand zu stecken. Der Brief war daran schuld, daß noch immer ein hartnäckiger, unvernünftiger Zweifel in ihr bohrte. Es war denkbar, daß Jeff noch lebte.

»Herrgott, Virginia, so sag doch ein Wort«, fuhr Murray auf.

Plötzlich war sie todmüde und wollte allein sein. Sie stellte das unberührte Glas mit Brandy aus der Hand. »Du bist anstrengend, Murray. Ich hab' das Gefühl, als hätte mir jemand eins mit dem Vorschlaghammer über den Kopf gegeben. Am besten lege ich mich ein bißchen hin.«

Aber als sie an ihm vorbeiging, legte er ihr seine Bärentatze auf den Arm, so daß sie stehenbleiben mußte. »Ist es wegen Leo?«

»Sei nicht albern!«

»Herrgott, Virginia, ich liebe dich. Ist das albern? Ist Liebe albern?«

Jetzt schämte sie sich natürlich, aber sie wollte weg von ihm. Fast schmerzhaft spürte sie seine unbändige Energie, seine Männlichkeit.

Mit mühsam beherrschter Stimme sagte sie: »Bitte laß mich los, Murray.«

Draußen auf der Terrasse, von den Erwachsenen unbemerkt, saß Chris und kämpfte erfolgreich gegen ein überwältigendes Verlangen, näher heranzugehen und durch die Jalousien zu spähen. Sie kannte diesen Tonfall nur zu gut. Der arme Murray – dagegen kam er nicht an.

Sekundenlang maßen sie sich mit zornigen Blicken, dann gab Murray sie frei. Seine Hand fiel schlaff herab. Natürlich schämte Virginia sich jetzt noch viel mehr, und das wiederum ärgerte sie.

Aus diesem Mischmasch widersprüchlicher Gefühle heraus sagte sie: »Mit achtzig oder neunzig Prozent meines Herzens, Murray, würde ich dich gern heiraten.«

Er sah sie noch immer an. »Aber bei Cass war es hundertprozentig, nicht?« fragte er.

Sie hatte in diesem Augenblick überhaupt nicht an ihren ersten Mann gedacht. Nur sehr einfache Menschen (und Murray war im Grunde seines Herzens ein einfacher Mensch) glauben an Hundertprozentigkeit in der Liebe. Immerhin schien sich da ein möglicher Ausweg zu öffnen, und deshalb nickte sie.

»Aber du wirst darüber nachdenken?«

Ihr Zorn war verflogen. Sie gab ihm einen flüchtigen Kuß. »Du würdest staunen, wenn du wüßtest, wie oft ich darüber nachdenke. Gute Nacht, Murray.«

An der Schlafzimmertür hielt sie inne. Plötzlich fiel ihr mit einem Anflug von schlechtem Gewissen ihre Enkelin ein.

Sie ging durch den Gang und öffnete leise die Tür von Joanne Christinas Zimmer. Dann trat sie ein und sah auf das schlafende Kind herab. Das »schlafende Kind« war in aller Eile die Hintertreppe hinaufgehetzt und hatte es gerade noch geschafft, vor ihr ins Zimmer und ins Bett zu kommen. Bei Tony war noch Licht gewesen, wahrscheinlich hatte er sie gehört.

Virginia begriff den Anflug von schlechtem Gewissen. Die Ähnlichkeit des kleinen Mädchens mit seinem Vater war frappant.

»Ich bin verrückt«, dachte sie schuldbewußt. »Die Vermißtenmeldung ist zehn Jahre alt. Und ein Brief ist nur ein Stück Papier. Das Leben darf nur wegen eines Briefes nicht zum Stillstand kommen. Nicht einmal der Tod eines anderen Menschen, so sehr man ihn geliebt hat, bringt das Leben zum Stillstand, nur der eigene.« Und bei dem Gedanken an ihren eigenen Tod wünschte sie, sie hätte Murray nicht so schroff abgefertigt.

Ist Liebe albern?

Nein, Murray, verzeih, natürlich nicht, aber . . .

Und über dieses »Aber« kam sie einfach nicht hinweg.

Die Angst hatte ihn genau neun Minuten nach zehn überfallen, sobald er aufgewacht war. Sie krampfte sich um seinen Magen wie eine große, fürchterliche Hand.

Er warf die Decke zurück und sprang nackt und zitternd aus dem Bett. Nur gut, daß Rose nicht, wie viele Mädchen es getan hätten, die ganze Nacht geblieben war. Gegen zwei hatte sie ihn gebeten, sie nach Hause zu fahren, ihn taktvoll einem erschöpften Schlaf überlassend. Ein tolles Mädchen, hatte er gedacht. Wirklich ein tolles Mädchen.

Aber jetzt hatte er nur einen Gedanken, angstgeschüttelt, den Gedanken an Upper Canyon Circle Nummer 234. Wie eine Kugel hatte ihn im Augenblick des Aufwachens die Gewißheit getroffen: Sie waren abgereist, hatten das Haus dichtgemacht. In den letzten achtundvierzig Stunden, während er auf Mädchenjagd gewesen war, hatten sie sich aus dem Staub gemacht.

Er sackte vor dem Telefon in die Knie, starrte es blöde an, tastete nach dem Hörer. Er wählte, es dauerte eine Ewigkeit – fünf Sekunden, um genau zu sein –, ehe sich eine Männerstimme meldete. Der Filipino, das Hausfaktotum.

Einen Moment wußte er nicht, ob er überhaupt einen Ton würde herausbringen können, dann kamen die Worte doch. Warum hat sie sich nicht selber gemeldet? dachte er. Sie sind fort, bestimmt sind sie fort.

»Hier Adamson Delikatessen«, hörte er sich sagen. Er wußte, daß sie dort kaufte, er war ihr oft genug dorthin nachgefahren. »Wir haben eine Bestellung über zwei Pfund schottischen Räucherlachs auf den Namen Kenny. Vielleicht können Sie mir weiterhelfen? Der Junge, der die Bestellung aufgenommen hat, hat vergessen, die Adresse dazuzuschreiben, und wir haben drei Kennys in unserer Kartei. Kommt die Bestellung von Mrs. Virginia Kenny?«

»Ich glaube nicht, aber Moment mal, ich frage sie.«

Die Erleichterung war so groß, daß er, den Hörer noch in der Hand, aufs Bett fiel.

Auf der anderen Seite der Leitung hörte man Schritte, dann wieder die Stimme des Filipino: »Nein, Mrs. Kenny hat nichts bestellt, sie hat die ganze Woche keine Gäste im Haus.«

Er goß sich eine Tasse Kaffee ein, setzte sich aufs Bett und rief Rose an.

»Hab' ich dich geweckt?«

»Nicht direkt. Ich wünschte, du wärst hier.«

»Ich auch.«

»Ich habe ganz dicke Vorhänge, man braucht nicht zu sehen, daß es Tag ist, wenn man nicht will.«

»Hört sich verlockend an.«

Sie lachte leise. »Was tust du jetzt?«

»Ich trinke Kaffee.«

»Natürlich, das hätte ich mir denken können.«

»Hör mal, Schatz.« Seine Stimme klang jetzt ernst und sachlich. »Die Warterei wegen der Bewerbung geht mir langsam auf die Nerven. Ich will mal in die Stadt und nachfragen, was läuft.«

»Ja, das kann ich verstehen.«

»Einer von den Unterbossen dort war ganz in Ordnung, den lade ich vielleicht zum Abendessen ein.«

»Das heißt, daß wir uns heute abend nicht sehen.« Es klang ein bißchen, aber nicht übermäßig enttäuscht. Das paßte ihm nicht ganz ins Konzept. Sie hätte gut und gern etwas deutlicher zeigen können, daß sie sich auf den Abend mit ihm gefreut hatte. »Ich rufe dich auf jeden Fall noch an«, sagte er etwas ungeduldig. »Wie steht's mit morgen, bist du da frei?«

Sie lachte wieder. »Mein Liebling, du bist verrückt! Ich bin jederzeit frei, wenn du mich haben willst. Was soll ich denn noch tun, um zu beweisen, daß ich dich nett finde? Mir ein Bein abschneiden?«

Er legte den Hörer auf, trank seinen Kaffee und starrte düster vor sich hin.

7

Sechs Uhr abends. Er duschte ausgiebig. Die zwei Tage in der Sonne hatten ihm gutgetan. Sein gebräuntes Gesicht paßte jetzt zu dem Haar, das ihm bei seiner Rückkehr aus Denver etwas zu dunkel vorgekommen war. Als er beim Rasieren sein Spiegelbild betrachtete, fand er, daß jetzt alles in Ordnung war.

Er nahm die beiden Fotos aus ihrem Versteck und stellte sie vor sich hin. »Wir Kennys«, sagte er leise, »müssen zusammenhalten.«

Seine Augenbrauen waren noch immer ein bißchen zu dicht. Jeff Kennys rechte Braue hatte eine Spur höher gestanden als die linke. Er zupfte hingebungsvoll und konzentriert. Auf keinen Fall durfte es künstlich aussehen. Den scharfen Augen von Rose Maddox würde so leicht keine Veränderung entgehen. So, das genügte.

Es war gleich halb sieben. Zeit für den Anruf.

»Rose?«

»Wenn du mich versetzen willst, nehm' ich die nächste Maschine nach England.«

»Hör mal, Schatz, ich glaube, es klappt mit der Stellung.«

»Wenn du mich versetzen willst, nehm' ich –«

»Baby, sei mal einen Moment ernst.«

»Meinst du, ich mache Witze?«

»Ich habe mich mit dem Knaben noch mal verabredet, nur auf einen Drink. Länger als eine halbe Stunde dauert es nicht. Gegen halb neun, spätestens Viertel vor neun, bin ich frei. Dann können wir uns treffen.«

»Prima! Wo?«

»Ich hab' noch nicht reserviert. Am besten hole ich dich ab.«

»Wunderbar. Dann will ich mich schnell um mein Gesicht kümmern, ich sehe aus wie eine Hexe.«

Er machte sorgfältig Toilette: dunkler Anzug, cremefarbenes Hemd, dunkle Krawatte. Leise und gedankenversunken ging er durchs Zimmer, horchte in seiner Erinnerung der Stimme von Jeff Kenny nach.

Er fuhr zur Mulholland Road und blieb lange genug an der bewußten Stelle stehen, um sich zu überzeugen, daß in Nummer 234 alles so war, wie es sein sollte. Trotzdem konnte er ein Gefühl der Panik nicht unterdrücken.

Da war Virginia. Sie kam am Fenster vorbei, lachend, in einem langen, schlichten, blaßgelben Kleid.

Er fuhr weiter, parkte hundert Meter vor der Seitenstraße,

die zum Upper Canyon Circle führte. Quälende Kopfschmerzen hatten eingesetzt, und er war naß vor Schweiß.

Scheinwerferlicht streifte die Bäume unten an der Seitenstraße. Majestätisch rollte Virginia Kennys Lincoln den steilen Abhang in den Coldwater Canyon hinab.

Er machte sich an die Verfolgung. Als sie sich dem Sunset Boulevard näherten, waren die Kopfschmerzen wie weggeblasen. Beinahe wären nun doch noch die Nerven mit ihm durchgegangen. Er begriff sich selbst nicht mehr. Es war vierzehn Minuten nach acht.

Knapp hundert Meter vor ihm bog der Lincoln in den Parkplatz von *Scotty's* ein. Er bremste und folgte so langsam wie möglich. Wie viele Wagen mochten dort schon stehen? Bei *Scotty's* wußte man nie, woran man war, nicht mal an einem Dienstag. Wenn nun alle Tische schon besetzt waren?

Nein, das Restaurant war halb leer, und eine Reihe der geparkten Wagen gehörten vermutlich dem Personal. Als er am Eingang vorbei in eine schattige Ecke des Parkplatzes rollte, sah er, daß sie zu viert im Lincoln gewesen waren. Die Insassen waren ausgestiegen und betraten gerade das Restaurant, während sich ein Page in den Lincoln setzte. Selbstbedienung beim Parken war hier nicht gefragt. Und schon kam ein dienstbarer Geist gelaufen, um sich den ungehobelten Kunden zu besehen, der gegen ungeschriebene Gesetze verstoßen und seinen Wagen selber untergebracht hatte. »Sie wollen hier speisen, Sir?«

»Später. Zunächst möchte ich einen Tisch bestellen. Wie läuft das Geschäft?«

»Mäßig. Sie werden keine Schwierigkeiten haben.«

Die Bar bei *Scotty's* lag direkt hinter der Eingangstür, so daß sich jedesmal, wenn sie sich öffnete, Köpfe wandten, um den Neuankömmling zu inspizieren. Das störte ihn nicht, denn er wußte, daß Mrs. Virginia Kenny nie an der Bar herumsaß. Die Apéritifs wurden am Tisch gereicht. Was ihn ein bißchen beunruhigte, war die Tatsache, daß das Restaurant zwei Räume hatte. Die Insassen des Lincoln wurden an einen Tisch in dem größeren Raum geleitet, der anscheinend auch der beliebtere war. Während er auf Scottys Rückkehr wartete (hier führte der Besitzer noch selbst das Kommando; wahrscheinlich erklärte sich daraus die Qualität von Essen und Service), sah er, daß heute Leo Mrs. Kennys Begleiter war. Das andere Paar kannte er nicht, ihm war aber, als habe er irgendwann in den letzten Wochen das Gesicht der Frau schon durch sein Fernglas gesehen.

Scotty musterte den jungen Mann, der ihn erwartete, schnell und gekonnt und konstatierte befriedigt Preis und Qualität von Anzug und Krawatte.

»Ich möchte einen Tisch für zwei Personen bestellen. Wir kommen in etwa zwanzig Minuten.« Hoffentlich war Rose fertig. Endloses Warten, während noch Nägel lackiert oder Wimpern angeklebt wurden, war eine Geduldsprobe, auf die er diesmal verzichten konnte.

»Aber gern.«

»Wenn möglich in dem großen Raum. Wie ist es mit dem Tisch in der Ecke?«

»Leider schon reserviert.«

»Und der daneben?« Während der Besitzer sich in das Bestellbuch vertiefte, fügte er in einem, wie er hoffte, halb schüchternen, halb vertraulichen Unterton hinzu: »Es handelt sich um ein – äh – ganz besonderes Rendezvous.«

Er wollte hinsichtlich der Tischwahl nicht zu aufdringlich sein. Restaurantbesitzer hatten ein verdammt gutes Gedächtnis für Einzelheiten.

»Ja, das geht. Für neun Uhr?«

»Vielleicht schon etwas früher.«

»Einverstanden.«

Schnell kehrte er zu seinem Wagen zurück. Bis zu ihrer Wohnung brauchte er sieben Minuten. Als er hupte, erschien sie sofort, sehr schick, ganz in Schwarz. Sie wußte sich wirklich gekonnt in Szene zu setzen.

Im Wagen küßten sie sich. Wenn er die Rückfahrt auch in nur sieben Minuten schaffte, konnte er gut ein, zwei Minuten für Zärtlichkeiten abzweigen.

»Ich habe dich vermißt«, sagte Rose.

»Ich dich auch, Darling.« Fast ein wenig erschrocken stellte er fest, daß das sogar stimmte. Dabei hatte er sich vorgenommen, innerlich möglichst auf Distanz zu gehen. Sie fühlte sich gut an, sie roch gut, und sie sah wundervoll aus. Hoffentlich, dachte er, endet der Abend so, wie sie es sich vorstellte. Im Bett.

Scotty betrachtete das Paar wohlwollend. Er hatte sich in der Qualität des Anzugs nicht geirrt. Außerdem war sie Engländerin – das bedeutete Wein.

Der Tisch war genau richtig, besser als der in der Ecke, den er eigentlich gewollt hatte, weniger auffällig. Er setzte Rose der Kenny-Gesellschaft gegenüber, während er ihnen die linke Gesichtshälfte mit der Narbe zuwandte. Virginia Kenny sah demnach nur in seine Richtung, wenn sie mit Leo sprach, was ziemlich selten der Fall sein würde, da sie als routinierte Gastgeberin sich meist ihrem männlichen Gast widmen mußte. Sie beschäftigten sich gerade mit der Vorspeise.

Er fragte Rose, was sie als Apéritif trinken wollte. Sie entschied sich für einen Margarita, und er sagte, er würde sich ihr anschließen. Er war eiskalt und ruhig.

Rose sprach, er antwortete, sie lachte, seine Hand fand die ihre unter dem Tisch und hielt sie fest. Später wurde ihm klar, daß er von dem, was sie in dieser Stunde sprachen, nicht ein einziges Wort behielt.

Zum erstenmal merkte er, daß Virginia Kenny in seine Richtung sah, als er den Kopf wandte, um den Wein zu bestellen. Er spürte eine plötzliche Stille aus ihrer Richtung. Vielleicht war die Unterhaltung am Kenny-Tisch für kurze Zeit verstummt. Auf jeden Fall wußte er, daß etwas geschehen war. Sekunden später hörte er sie wieder lachen. Vielleicht hatte er sich geirrt?

Die zweite ungezwungene Gelegenheit ergab sich, als der erste Gang abgeräumt wurde. Er konnte sich umdrehen, während der Kellner an ihnen vorbeiging, und sagen: »Würden Sie uns bitte noch etwas Brot bringen?« In diesem Augenblick hätte er ihr, wenn er gewollt hätte, direkt ins Gesicht blicken können. Selbst der flüchtige Blick, mit dem er sie streifte, während er sich vom Kellner abwandte, sagte ihm, daß sie gesehen hatte, was er sie hatte sehen lassen wollen. Frohlockend registrierte er ihre Reaktion.

Seltsam, daß er an dieser Reaktion nie gezweifelt hatte. Und doch war es jetzt, als der Augenblick gekommen war, einigermaßen erschütternd, die Maske fallen zu sehen. Sekundenlang saß dort eine alte Frau, wo eben noch die schöne und gewandte, nach allen Regeln der Kunst gepflegte und jung erhaltene Mrs. Virginia Kenny posiert hatte.

Gleich darauf gab es ihm einen heftigen Ruck, und sein Herz begann wild und dumpf zu schlagen. Das durfte nicht wahr sein: Sie brachen auf.

Wie er die nächsten Minuten – oder vielleicht nur Sekunden – überstand, hätte er später nie sagen können. Er erkannte aus den Augenwinkeln, daß sie alle aufstanden, er spürte es, er las es Rose an den Augen ab, aber er wagte nicht, sich umzudrehen und sich durch eigenen Augenschein zu überzeugen.

»Was ist los, Schatz?« brachte er mühsam heraus. Rose schaute noch immer an ihm vorbei.

»Ach, nichts weiter. Ich habe nur eine Frau angesehen. Recht attraktiv.«

Das gab ihm das Recht, sich umzudrehen. Eine Welle fast unerträglicher Erleichterung ging über ihn hinweg. Die beiden Herren setzten sich wieder, nachdem sie höflich aufgestanden waren, als ihre Gastgeberin den Tisch verließ. Sie steuerte die Waschräume hinter der Bar an.

Kein Wunder, nach dem Schock mußte sie sich erst einmal erholen. Sie blieb lange fort, vielleicht fünf Minuten. Mehr als einmal sah Rose über ihn hinweg zum Kenny-Tisch. Was spielte sich da ab? Es war seltsam still geworden.

Wieder sah Rose an ihm vorbei, und er hatte das Gefühl, daß sie bald von dem sprechen würde, was sie da drüben so fesselte. Er wußte, was es war. Sie sprachen über ihn, sahen ihn an, immer wieder. Die Sache kam in die kritische Phase. Er mußte sich jetzt sehr vorsehen.

Schließlich machte sie den Mund auf. »Seltsam . . .«

»Was denn?«

»Die Frau, diese Leute hinter dir . . .«

Sollte er sich umsehen? Würde das natürlich wirken? Jetzt nur kein Risiko eingehen! Er rührte sich nicht. »Wieso, was ist mit ihnen?«

»Zuerst habe ich gedacht, ich kenne einen der Männer, er sieht einem Schauspieler ähnlich, mit dem ich vor Jahren in England auf der Bühe gestanden habe. Aber ich glaube, es gilt dir.«

»Wieso mir? Was meinst du damit?«

»Ich glaube, sie reden über dich.«

Jetzt mußte er sich ja wohl umdrehen. Er tat es und hob dabei wie erstaunt die Brauen.

Sie sahen alle zu ihm hin. Virginia Kenny, sichtlich mitgenommen, hatte sich wieder gefangen. Diesmal trafen sich ihre Blicke. Während er sich wieder seinem Teller zuwandte, merkte er, daß Leo aufstand. Alles ging jetzt sehr schnell. Panik krampfte ihm den Magen zusammen, und eine schrille Stimme in seinem Kopf leierte: »Es ist soweit, es ist soweit, es ist . . .« Schnell und monoton, wie eine Schallplatte mit einem Sprung.

Er starrte auf seinen Teller, merkte aber trotzdem, wie Leo näherkam. »Äh«, sagte Leo. »Entschuldigen Sie bitte.«

Er sah auf. Sonderbarerweise hatte er das Gefühl, Leo, den er so viele Stunden durch sein Fernglas beobachtet hatte, schon recht gut zu kennen. Der Gute wirkte verlegen. Verständlich.

»Ich – das heißt, wir . . . Eigentlich eine Dame am Tisch – ist der Meinung . . . Bitte halten Sie uns nicht für unverschämt, aber würden Sie uns wohl Ihren Namen verraten?«

Er sah von Leos verlegenem Gesicht zu Rose hinüber und erkannte triumphierend, daß sie nur noch auf ihr Stichwort wartete. Er wandte sich wieder an Leo. »White«, sagte er. »James White.«

Es schien der richtige Augenblick, ihnen wieder sein Gesicht zu zeigen, und das tat er, mit einem kleinen, scheuen Lächeln, als wollte er sagen: »Tut mir leid, Leute, aber hier scheint ein Irrtum vorzuliegen.«

»Entschuldigen Sie bitte«, wiederholte Leo. »Es ist nur – Sie sehen einem Freund von uns so ähnlich.«

Er zuckte die Schultern. »Bedaure. James White – etwas Besseres kann ich Ihnen nicht bieten.«

Leo wandte sich ab. Er hörte, wie die Stimmen am Tisch hinter ihm lauter wurden, aber er mußte sich jetzt um Rose kümmern, um das Mädchen, das er für diesen einen unwiederbringlichen Augenblick ausgewählt hatte. Sie reagierte genau nach Plan.

»Aber – aber du bist nicht James White!«

»Mir genügt der Name.«

»Sei nicht idiotisch, Liebling, sie haben dich erkannt.«

»Oder es sich eingebildet.«

»Es kann doch nur eins bedeuten, und das weißt du genau.«

»Ich weiß überhaupt nichts.«

Ihre Stimme wurde lauter. »James, sie gehen.«

»Laß sie.«

Sie hatte sich schon halb erhoben, aber er packte sie mit festem Griff, so daß sie schmerzlich das Gesicht verzog. »Ich habe mir die Leute angesehen, Rose, die Gesichter sagen mir nichts.«

»Und damit gibst du dich zufrieden? Du bist wirklich ein hoffnungsloser Fall.«

Ärgerlich schüttelte sie seine Hand ab. Eine Menge Leute sahen jetzt zu ihnen hinüber. Noch mehr Köpfe wandten sich ihnen zu, als Rose sich jetzt zwischen den Tischen hindurchdrängte und dabei ihr Weinglas umstieß, das er im Fallen auffing.

»Rose!«

Aber sie achtete nicht auf ihn. Er drehte sich wieder um, als sie an ihm vorbeistürmte. Tatsächlich, sie waren alle aufgestanden, Leo hielt Mrs. Kennys Arm. Alle machten unglückliche Gesichter. Rose kam auf sie zu (großer Gott, wenn er das Drehbuch selber geschrieben hätte, sie hätte es nicht besser spielen können) und sagte: »Ach bitte, ich –«

Sie drehten sich alle um. Das Mädchen, das nicht wußte, an wen es sich wenden sollte, sprach zu Leo. »Mein Freund ...« Erst jetzt merkte sie, daß sie Publikum hatte. Sämtliche Gäste starrten fasziniert die Gruppe an. »Anscheinend war einer von Ihnen der Meinung, meinen Freund wiedererkannt zu haben . . .«

Virginia Kenny sah an dem Mädchen vorbei zu dem einsamen Mann am Tisch hinüber. Wieder trafen sich ihre Blicke. Er stand auf, kam auf sie zu und nahm Roses Arm. »Nun mal mit der Ruhe, Schatz. Es ist bestimmt eine Verwechslung.«

»Nein«, stöhnte Virginia auf. Er wußte, sie hatte seine, sie hatte Jeff Kennys Stimme erkannt.

Scotty beeilte sich, der öffentlichen Versammlung ein Ende zu machen. »Mrs. Kenny, sicherlich ist es Ihnen lieber . . . Der kleine Salon ist heute abend nicht belegt.«

Gleich darauf standen sie sich zwischen aufgetürmten Tischen und Stühlen gegenüber.

Rose faßte sich kurz. Er hatte kaum Zeit, dreimal einen Unterbrechungsversuch zu machen, und jedesmal ignorierte sie ihn völlig. Nach den ersten Sätzen schwankte Virginia Kenny, und Leo zog ihr einen Stuhl heran. Sie setzte sich und wandte, wie so oft auf ihrer Terrasse, wenn er sie durch sein Fernglas beobachtet hatte, das Gesicht ab. Nur ab und zu wagte sie es, ihm einen Blick zuzuwerfen, als sei das, was sie sah, zu schmerzlich, zu schockierend.

»Und deshalb«, sagte Rose, »stimmt es einfach nicht, wenn er behauptet, James White zu heißen. Das ist bloß der Name, den sie ihm in der Klinik gegeben haben. Und er – er sagt, es interessiert ihn nicht mehr, wer er war.«

Die andere Frau, die eine angenehme, beruhigende Stimme hatte, ergänzte sanft: »Aber Sie interessiert es.«

»Ja, mich interessiert es.« Sie drehte sich um und sah ihn voll an. »Es tut mir leid, Liebling, aber ich mußte es tun. Das siehst du doch ein?«

Er spreizte in einer resignierenden Geste die Hände und schwieg. Sie starrten ihn jetzt alle an. Anscheinend mußte er etwas sagen, sonst standen sie sich noch am jüngsten Tag stumm gegenüber. »Ich – ich weiß es nicht . . .«

Der andere Mann räusperte sich. Als Senior der Gesellschaft fühlte er sich offenbar berufen. auch ein paar weise Worte von sich zu geben. »Sie erkennen diese Dame nicht?«

Er sah Virginia Kenny lange an. Sie konnte seinen Blick nur ein paar Sekunden ertragen. Er ließ sich Zeit. Um so weniger würde sie ihm seine Antwort glauben. »Nein«, sagte er endlich. »Tut mir leid. Nein.«

Der ältere Mann schüttelte den grauen Kopf und schnalzte besorgt mit der Zunge. Seine Frau sagte: »Wenn wir nur irgendeinen Beweis hätten, ihr wißt schon, ein Muttermal, oder . . . Oder ich kannte mal ein Mädchen, das man an ihrem Trauring wiedererkannt hat.«

Rose gab es einen Ruck. Er wußte, daß sie schon an das Medaillon gedacht hatte. Er konnte sich also eine weitere unbehagliche Pause erlauben, ehe er sagte: »Es ist alles so lange her. Ich – ich habe nichts.«

Rose baute sich vor ihm auf und betrachtete ihn eindringlich.

»Doch, hast du etwas. Und du weißt es genau.«

Wie instinktiv ließ er eine Hand zur Brust wandern. Er spürte das runde Metall unter den Fingern. Aber er schüttelte den Kopf. »Nein.«

Auch der ältere Mann trat jetzt dicht an ihn heran, offenbar recht ratlos, aber grimmig entschlossen, der Sache auf den Grund zu gehen. »Was ist nun – ja oder nein?« Als er keine Antwort bekam, wandte er sich an Rose. »Was hat er denn?«

Rose nahm sanft, aber bestimmt seine Hand fort, knöpfte ihm das Hemd auf, tastete nach der Kette und zog das Medaillon hervor.

Sekundenlang blieb es totenstill, Das goldene Auge starrte sie alle an. Dann glitt Virginia Kenny mit einem leisen Laut vom Stuhl und sank ohnmächtig zu Boden.

8

Auf dem Weg zurück zum Upper Canyon Circle zeigte Virginia Kenny keinerlei Neigung zur Konversation.

Leo fuhr schweigend, mit seinen eigenen, höchst selbstsüchtigen Gedanken beschäftigt. Virginias Gäste, Carl und Betty Lehman, waren alte Bekannte, die in Palm Springs lebten. Er war Anwalt und hatte viele Jahre lang Cass Kennys Geschäfte verwaltet. Bei ihren seltenen Ausflügen nach Los Angeles – meist um ein Theater oder ein Konzert zu besuchen – kehrten sie in Nummer 234 ein. Betty Lehman, der Schweigsamkeit, ganz besonders in diesem Falle, unheimlich war, fragte: »Fühlst du dich besser, Liebling?«

»Ja. Wie lächerlich! Ich bin noch nie in Ohnmacht gefallen.«

Natürlich war es Jeff, das stand für sie fest, und natürlich hatte er sich enorm verändert. Eine Bekannte, Esther Woodhouse, hatte erzählt, wie ihr Mann aus einem Kriegsgefangenenlager in Vietnam gekommen war. Esther, die natürlich zum Flugplatz gekommen war, hätte ihn überhaupt nicht erkannt, wenn nicht eine hilfsbereite Krankenschwester, der solche Situationen nicht fremd waren, ihr einen leichten Schubs in seine Richtung gegeben hätte. Selbst dann, hatte Esther gesagt, hatte sich ihr Unterbewußtsein geweigert, ihn zu akzeptieren. Er hatte gewinkt, und sie waren aufeinander zugelaufen, aber es dauerte Tage, hatte Esther gesagt, ehe sie überhaupt begriff, daß dieser Mann, der durch ihr Haus ging und in ihrem Bett schlief, tatsächlich Vincent Woodhouse war, der Mann, den sie geheiratet hatte. Dabei hatte Vince noch nicht einmal sein Gedächtnis verloren.

Die Frage war nun, ob dieser Jeff ohne Erinnerung an die Vergangenheit ein größeres oder ein kleineres Problem darstellte als ein Jeff mit einem intakten Gedächtnis . . .

Sie war froh, daß sie diese komplexe und wahrscheinlich schmerzliche Erwägung zunächst zugunsten vieler Einzelprobleme zurückstellen konnte, denn sie waren jetzt im Upper Canyon Circle angelangt.

Das erste, was er sah, das erste, was jeder sah, der Nummer 234 betrat, war der vergoldete italienische Spiegel im Treppenhaus direkt gegenüber der Tür. Sie sah, wie sein Blick zum Spiegel, zu ihrem Gesicht, wieder zum Spiegel wanderte. Er stand ganz still; anscheinend hatte er die Menschen, die ihn erwartungsvoll umgaben, völlig vergessen.

Schließlich brachte er es fertig, die Augen von dem schönen Stück zu lösen und wieder sie anzusehen. Diesmal stand in den braunen Augen, die sie so gut kannte und doch nicht kannte, eine so tiefe Trauer und Ratlosigkeit, daß ihr das Herz weh tat. »Du darfst dich nicht dagegen wehren«, sagte sie. »Das wäre nicht fair.«

Er nickte, sah sie an, musterte sie genau. Dann sah er noch einmal zum Spiegel hin, ging die wenigen Stufen hinauf, als fiele es ihm sehr schwer, bis er direkt davor stand. Er betrachtete sein Spiegelbild, den Spiegel selbst, das komplizierte Muster aus Muscheln und Rankenwerk, das ihn zu einem so ungewöhnlichen und faszinierenden Kunstwerk machte.

Rose, die hinter ihm eingetreten war, die Lehmans, Leo und Virginia beobachteten ihn. Tony ging lautlos im Wohnzimmer hin und her. Nur einmal blickte er höflich in ihre Richtung, dann entfernte er sich.

Er strich mit einer gebräunten Hand über den Rahmen. »Rom«, sagte er. Die Information verdankte er Mrs. Olga Rhinehart: »Und natürlich hat sie aus Europa phantastische Sachen mitgebracht, sie hatten dort zwei oder drei Häuser, wissen Sie . . . Diesen atemberaubenden Spiegel zum Beispiel hat sie in Rom aufgetrieben, ein Rokokomuster. ›Also wenn Ihnen das gute Stück mal fehlt‹, hab' ich gesagt, ›dann wissen Sie, wem Sie die Polizei auf den Hals schicken müssen, haha . . .‹«

»Ja, er hing in der Wohnung in Rom«, sagte Virginia Kenny. »Erinnerst du dich?«

Er schüttelte stirnrunzelnd den Kopf und kam wieder herunter. Rose ging auf ihn zu und nahm seinen Arm. Er lächelte sie unsicher an. »Da siehst du, was du angerichtet hast!«

»Ich bin froh darüber!«

Er verzog das Gesicht und sah die Frau an, die sich für seine Mutter hielt. »Bitte entschuldigen Sie. Ich muß Ihnen sehr ungehobelt vorkommen, aber in mir ist alles wie tot.«

»Warte nur ab, das ändert sich«, tröstete sie. Aber insgeheim war sie ihrer Sache gar nicht so sicher.

Während sie ins Wohnzimmer gingen, fiel sein Blick auf die beiden Sheraton-Vitrinen rechts und links der Tür zur Bibliothek. Alle merkten, daß er sie erkannte. (Eine freundliche Information der Zeitschrift *House and Garden* vom Juli 1958: »Eine Villa am Genfer See, Wohnsitz von Mr. and Mrs. Cass Kenny.« Wie gut, daß sie seitenweise Fotos gebracht hatten. Inzwischen hatte er auch schon die Uhr registriert, die in der Schweiz auf dem Kaminsims im Speisezimmer gestanden hatte.)

Er betrachtete die Vitrinen eine Weile, dann sah er wieder Virginia Kenny an. Stirnrunzelnd sagte er: »Ein See, da war doch ein See?«

Sie nickte. »An was erinnerst du dich?«

»Ein großes Zimmer, so groß wie dieses. Fenster mit Blick auf den See. Ja, und Berge. Das Zimmer war . . . Waren die Wände – goldbraun?«

Sie nickte wieder.

»Und die da«, er deutete auf die Vitrinen, »standen links und rechts von einem Kamin. Dunkelbraune Stühle standen da, und ein Bild von . . . Nein, zwei Bilder von Pferden, und ein Porträt . . .« Er unterbrach sich mit einer fast schmerzlichen Gebärde und sah sich um wie ein Mann, der merkt, daß sich eine Falle um ihn schließt. »Ich – ich erinnere mich an diese Dinge, aber sie bedeuten mir nichts.«

Carl Lehman, der selbst häufig in dem goldenen Zimmer mit den Vitrinen links und rechts vom Kamin und den Fenstern mit Blick auf den Genfer See und die Berge auf der französischen Seite gestanden hatte, brummte: »Dafür aber uns um so mehr . . .«

»Ein Porträt?« wiederholte Virginia.

Er wandte sich ab, sichtlich gequält von diesen Erinnerungsfetzen.

»Wen zeigte das Porträt, weißt du das noch?«

Er ließ lange mit der Antwort auf sich warten. Sie sahen nur seinen gebeugten Rücken. Als er schließlich sprach, war seine Stimme schwach, als ringe er sich die Worte in letzter Erschöpfung ab: »Ich glaube, es war – es war – mein Vater.«

Er hörte die Woge der Überraschung und Erregung hinter sich. Nie hatte ein Schauspieler den donnernden Applaus in ausverkauftem Haus so sehr genossen wie er diesen diskreten Tribut an seine beachtliche Leistung als Amateur. Er wußte, daß er gut gespielt hatte, aber jetzt war er müde, todmüde. Die Kontaktlinsen spielten wieder verrückt, und die Anspannung dieses Abends hatte eine wahnwitzige Kopfschmerzattacke ausgelöst. Es war, als bohre jemand mit einer glühenden Nadel in seinem Hinterkopf. Wenn es noch lange so ging, würden ihn die Kopfschmerzen und die Augenreizung ablenken und ihn vielleicht zu einem verheerenden, nicht wieder gutzumachenden Fehler verführen. Mit größter Anstrengung riß er sich noch einmal zusammen und wandte sich seinem Publikum zu.

Wahrscheinlich sah man ihm seine Qualen an. Besorgnis spiegelte sich auf allen Gesichtern – mit einer Ausnahme. Er würde Freund Leo im Auge behalten müssen.

»Entschuldigen Sie«, sagte er mühsam. »Ich muß gehen. Ich kann nicht – ich meine – ich weiß, daß das auch für Sie ein furchtbarer Schock war, aber ich . . . Mein Kopf . . .«

Verzweifelt sah er sich nach Rose um, und dieses einmalige Mädchen warf sich sofort für ihn in die Bresche. »Es ist seine Kriegsverletzung. Dadurch bekommt er manchmal Migräneanfälle.«

Er konnte einfach nicht mehr. Wenn ihn nicht Virginia in diesem Augenblick unvermittelt in die Arme genommen hätte, wäre er wahrscheinlich abrupt verstummt wie ein abgelaufenes Tonband. Es war eine ungeschickte Umarmung, aber die Situation war gerettet. »Ich denke, daß du dich an mich erinnerst«, sagte sie sanft. »Vielleicht hast du mich auf den ersten Blick erkannt, die Erinnerung ist nur noch blockiert. Es war wirklich ein Schock für uns beide. Wir werden Zeit brauchen. Aber wir haben ja auch Zeit, reichlich Zeit. Du brauchst dir gar keine Gedanken zu machen.«

Aus einer strategisch günstigen Position zwischen einer Bougainvillea und einer Bananenpalme beobachtete Joanne Christina die ungewöhnliche Szene durch das große Panoramafenster mit offenem Munde. Was ging hier vor? Was hatte sie sich da entgehen lassen? Enttäuscht und wütend kehrte sie in ihr Zimmer zurück.

Er lag flach auf dem Rücken im Bett. Trotz seiner Erschöpfung konnte er nicht einschlafen. Er hatte nicht einmal seine Tabletten genommen. Gegen den Tumult in seinem Innern waren sie ohnehin machtlos.

Rose, vernünftig wie immer, hatte darauf bestanden, daß er sie sofort heimbrachte. Sie hatte offenbar mit einem Blick erfaßt, daß er total erledigt war.

Als sie sich an der Tür von Nummer 234 verabschiedeten, hatte Virginia Kenny gesagt: »Morgen früh kommst du her, und wir werden uns ausführlich unterhalten. Wenn du dann bleiben willst... Wir haben Platz genug, ich überlasse es dir.«

Er würde bleiben, es war der unvermeidliche und gefährliche nächste Schritt. Das Haus enthielt Millionenwerte. Mrs. Olga Rhinehart hatte ihm gesagt, daß das Bild über dem Kamin ein Velazquez war, und er selbst hatte an der Tür zur Bibliothek einen Degas erkannt.

Als er dann einschlief, träumte er von seiner Kindheit. Die Bullen waren in einem Streifenwagen vorgefahren und hatten ihn zum Leichenschauhaus gebracht, um seinen Vater zu identifizieren, der im Suff von einem Laster über den Haufen gefahren worden war. Aber als sie das Tuch hoben, lag da eine junge, schöne Frau, blutüberströmt, und er wußte, obgleich er sich nicht an sie erinnern konnte, daß es seine Mutter war. Hinter ihm lachte jemand. Er wirbelte herum, und da stand sein Vater, die Schnapsflasche in der Hand. Und plötzlich lachten auch die Bullen.

Er wachte schweißnaß auf, schluckte doch noch seine Tabletten, und die verhalfen ihm endlich zu einem tiefen, festen Schlaf.

9

Angst und Spannung, die ihn in Atem hielten, als er am nächsten Morgen kurz nach elf auf die Terrasse von Nummer 234 trat, waren nicht gespielt. Er fand dort nur Virginia vor, seine »Mutter« – nein, es wurde Zeit, die Anführungszeichen wegzulassen –, die auf einer Gartenliege saß und an einem Gobelin stichelte.

Joanne Christina hatte mit ihrem alten Freund Murray Forde einen Ausflug in die Wüste gemacht. Aber davon sagte Virginia vorläufig nichts, um die Unterhaltung nicht noch weiter zu komplizieren. Nur ganz nebenbei überlegte sie, daß der mürrische Abzug der beiden – Chris war ein echter Wüstenfan, und Murray konnte die Wüste nicht ausstehen – nicht gerade auf einen harmonischen Verlauf schließen ließ.

Es dauerte eine Weile, bis er, wachsam witternd wie ein Tier, das aus dem Dickicht tritt, begriffen hatte, daß sich ihre Einstellung ihm gegenüber über Nacht grundlegend gewandelt hatte. Noch halb betäubt von diesem unerwarteten Tatbestand, registrierte er, daß sie ihn endgültig akzeptiert hatte.

Es dauerte etwas länger, bis er auch begriff, was das praktisch für ihn bedeutete. Sie stellte ihn nicht auf die Probe, im Gegenteil, sie half ihm, wo sie nur konnte. So sagte er etwa: »Sonderbar, ich erinnere mich zwar an das Haus in der Schweiz, aber manche Einzelheiten sind wie – wie hinter einer Wand.« Und sie antwortete eifrig: »Die Villa lag in der Nähe von Nyon, schneeweiß, in einer Art Kolonialstil gebaut, mit einem Säulengang, der sich über die ganze Vorderfront erstreckte. An den Säulen rankten Glyzinien, weißt du noch? Die hattest du immer so gern. Jetzt haben sie praktisch durch den Garten die neue Schnellstraße gebaut, da ist natürlich die ganze Schönheit hin.«

Er machte einen neuen Vorstoß. »In die Schule in England bin ich, glaube ich, nicht gern gegangen; an diese Zeit habe ich überhaupt keine Erinnerung.«

Auch hier half sie ihm. »Nein, du konntest England nicht ausstehen. Aber mit einem deiner Mitschüler hast du dich gut verstanden, er hat in jenem letzten Sommer bei uns die Ferien verbracht. Er stammte aus Südafrika, sein Vater hatte irgendwas mit Kupfer zu tun.«

Rom, für das ihm nur flüchtige Impressionen zur Verfügung standen, wurde in einem Glücksfall erster Güte lebendig, als sie ihm ein großes Fotoalbum in die Hand drückte. Da hatte er nun Familie und Umwelt auf einen Blick. Mehr noch – die schattenhafte Vergangenheit wurde plötzlich greifbar. Er konnte sogar stockend feststellen: »Ich – ich sehe meinem Vater ziemlich ähnlich, nicht?«, was ihm ein liebevolles Lächeln einbrachte.

Bald ergab sich ein Stichwort, das ihn auf das Thema Ehe brachte. Verlegen – Gespräche über diesen Lebensabschnitt waren ihm tatsächlich unbehaglich – fragte er: »Du – du weißt wohl nicht, wo Holly jetzt steckt?«

Sie warf ihm einen scharfen Blick zu, aber ihre Stimme blieb unverändert freundlich: »Möchtest du sie sehen?«

»Du liebe Güte, nein!« Die Abwehrreaktion war echt und wurde erleichtert registriert. »Ich habe mich nur gefragt, was wohl aus ihr geworden ist.«

»Sie ist erst nach Chicago gezogen, dann nach New York.

Dort hat sie mit einem Maler gelebt. Sie sind zusammen nach Europa gegangen. Seither habe ich nie wieder von ihr gehört.«

Er wandte den Blick ab. »Holly ist mir wirklich gleichgültig«, sagte er. »Aber das Kind hätte ich schon gern gesehen.«

Virginia blickte erschrocken von ihrer Handarbeit auf. »Daß ich daran aber auch nicht gedacht habe ...«

Er brachte es fertig, sie ruhig und erwartungsvoll anzusehen.

»Chris ist hier, sie wächst bei mir auf.«

Er machte ein bestürztes Gesicht, legte die Hand über die Augen. »Ja, ich kann ... Wie war das noch gleich ... Ja, richtig. Du hast in meinem Namen prozessiert, und man hat dir die Vormundschaft übertragen.«

Die Lücken in seiner Erinnerung, so mußte es Außenstehenden scheinen, füllten sich rasch. Das war gut, das mußte so sein, aber es gab wohl auch Grenzen. Es war nicht günstig, wenn ihm zuviel auf einmal wieder einfiel. »Mit Holly steht es schlimm«, sagte Virginia ruhig. »Als du sie kennenlerntest, hat sie Marihuana geraucht, aber später ... Dieser Maler in New York hat ihr Heroin gespritzt, das habe ich aus zuverlässiger Quelle.«

Er schüttelte den Kopf. »Arme Holly.«

Vor langer Zeit (so schien es ihm jedenfalls, obgleich es in Wirklichkeit erst ein paar Tage her war), auf dem Flug nach Denver, hatte er mit Unbehagen überlegt, wie wenig er eigentlich über Jeff Kennys Studienjahre in Los Angeles wußte. Dieses kurze Gespräch über seine Frau und seine Tochter hatte ihm nichts verraten, was ihm nicht schon bekannt war. Darüber hinaus war dieser Zeitraum ein großes Puzzlespiel, dessen Teile noch verstreut auf dem Tisch lagen. Die Situation wurde nicht besser dadurch, daß Virginia Kenny, sobald er versuchte, das Thema wieder anzuschneiden, scharf Gegenkurs nahm und von anderen Dingen zu reden begann.

Gräßlich. dachte Joanne Christina, daß man einen kostbaren Tag mit Murray Forde verplempern mußte. Brennend wünschte sie sich, ganz schnell erwachsen zu werden. Dann hätte sie ihren eigenen Wagen und wäre nicht mehr auf die Gnade eines Fettwanstes angewiesen, der in der Hitze röchelte und ächzte wie ein gestrandeter See-Elefant und den Ausflug abgebrochen hatte, ehe eine Klapperschlange in Hör- geschweige denn in Sehweite gekommen war. Ihr sorgfältig präpariertes Gurkenglas hatte sie völlig vergeblich mitgeschleppt.

Immerhin konnte sie sich ein bißchen rächen. Während sie aus dem Fenster auf die vorbeisausende Wüste starrte (Murray fuhr wie ein Wahnsinniger), erkundigte sie sich: »Wer ist eigentlich dieser neue Mann, den Großmama gestern nacht abgeküßt hat?«

Zufrieden konstatierte sie, daß der Wagen einen deutlichen Schlenker machte. Murray schluckte den Köder prompt. Statt scharf zurückzuschießen: »Woher weißt du das überhaupt?«, polterte er: »Was für ein Mann? Wo?«

»Ach, nichts weiter. Ich hab gedacht, du weißt Bescheid.«

Zu spät merkte Murray, daß er ihr in die Falle gegangen war. »Woher weißt du das überhaupt?«

»Ich hab' sie beobachtet.«

Der Wagen schleuderte wieder. Das war denn doch die Höhe. »Beobachtet?«

Chris antwortete nicht, sondern begann, in einen Schlager einzustimmen, der aus dem von Murray leichtsinnigerweise eingeschalteten Radio rieselte. *»I want to be happy, but I can't be happy ...«* Sie war völlig unmusikalisch, und der Gesang war danach.

Murray betätigte den Abschaltknopf. »Was hast du gesehen?«

Joanne Christina ließ sich in ihrer Darbietung nicht stören. Schön falsch begann sie die zweite Strophe. Anscheinend kannte sie die ganze Moritat auswendig.

Sie waren also nicht ganz unvorbereitet auf das, was sie erwartete, als sie wieder in Nummer 234 eintrafen. Beide merkten, daß Virginia verändert war, als sie vors Haus trat, um sie zu begrüßen. Sie wirkte sehr lebendig, strahlend, energiegeladen. Chris, die sich mißgelaunt in ihr Zimmer verzog, führte das auf eine besonders gelungene Sitzung im Schönheitssalon zurück. Murray, eifersüchtiger und deshalb argwöhnischer, witterte einen anregenden Flirt. Beiden stand eine Überraschung bevor.

Sie eröffnete es zuerst Murray, der gerade dabei war, sich im Swimming-pool den Wüstenstaub abzuspülen. Er blieb stehen wie vom Donner gerührt. »Jeff? Himmelherrgott, Virginia, was ist in dich gefahren? Jeff ist tot!«

Dann ging sie zu Chris, die gerade sorgfältig ihre klapperschlangenfesten Wüstenstiefel verstaute. Das Kind sah sie über den Rand ihrer blaugetönten Supersonnenbrille aus blanken blauen Augen an. Bezeichnenderweise sagte es nichts, sondern setzte sich gedankenvoll aufs Bett. Für Chris war dieses Schweigen völlig selbstverständlich. Erwachsene, die Lärm, Ausrufe, sichtbare Überraschung höher schätzten, beunruhigte es eher. »Es ist ein Schock, Liebling, ich weiß«, sagte Virginia. »Aber ist es nicht wundervoll?«

Da tat Chris etwas Ungewöhnliches. Sie nahm ungebeten die Brille ab und legte sie neben sich auf ihr Kissen. »Ich weiß nicht«, antwortete sie nachdenklich. »Wenn ich zu dir sagen würde: Alvin Acker kommt zum Essen, wie würdest du dich verhalten?«

»Ich weiß nicht, wer Alvin Acker ist.«

»Er ist erster in der Hitparade, schon zum zweitenmal, und eine unheimliche Wucht, aber das meine ich ja gerade. Ich weiß nicht, wer Jeff Kenny ist.«

»Er ist dein Vater, Liebling.«

»Mag sein. Aber ich kenne ihn gar nicht.«

»Stell dir doch einmal vor, Liebling, er ist nicht tot, er ist wiedergekommen, zu uns.«

»Hm.« Das klang sehr unverbindlich. Dann hellte sich das runde Kindergesicht auf. Aber Chris wäre nicht Chris gewesen, wenn sie nicht wieder etwas Unerwartetes gesagt hätte. »*Mamma mia!* War das etwa der Knilch, der –« Sie verstummte. So ein Ärger! Nun hätte sie sich beinahe verraten. Noch nie war ihr beim Lauschen bisher jemand auf die Schliche gekommen. Der so überraschend aufgetauchte Vater mußte wohl auch sie etwas aus dem Konzept gebracht haben.

»Was für ein Knilch? Was meinst du?«

»Also schön, ich will's dir sagen. Gestern abend habe ich einen Riesenspektakel gehört, und da bin ich zur Treppe gegangen, weil ich sehen wollte, wer da abgemurkst wird, und da hast du dich gerade von einem Mann verabschiedet. Eine tolle Schau hast du abgezogen. War er das?«

»Ja.«

»Hm. Hübscher Kerl . . .« Schnell kam sie der unvermeidlichen Belehrung zuvor, daß Männer nicht hübsch sind, sondern allenfalls gut aussehen, indem sie erklärte: »Dieser Murray ist ein richtiger Waschlappen. Sag ihm bloß nicht, daß er wieder mit mir in die Wüste fahren soll.«

»Vielleicht nimmt dich dein Vater mal mit.«

Murray kam, in ein weißes Frotteetuch gehüllt, vom Umziehen zurück. »Ich werde diese Geschichte nachprüfen, ich werde diese Klinik unter die Lupe nehmen und die Firma, in der er gearbeitet haben will. Wo soll das gewesen sein?«

»In Missouri. Aber, Murray –«

»Ja, was ist?«

»Du wirst nichts nachprüfen. Das werde ich besorgen.«

Murray trat an den Barwagen, den Tony inzwischen herausgerollt hatte. Er mixte sich einen Bourbon mit Wasser und runzelte die Stirn. Virginia sah ihn von der Seite an. Sie kannte ihn nur zu gut. »Also rück schon heraus mit der Sprache.«

»Virginia, ich weiß nicht so recht, wie ich das sagen soll ... Wenn du meinst, es ist Jeff ...«

»Du wirst dich gleich selbst davon überzeugen können.«

»Ich meine ja nicht, falls es Jeff ist, natürlich ist er es, natürlich erkennt eine Mutter ihren eigenen Sohn, aber –«

»Aber?«

Murray kratzte sich den nassen Kopf. »Also ich schätze, es geht mich nichts an ...«

Virginia lächelte. »Natürlich geht es dich etwas an, du bist doch mein Freund, mein sehr lieber Freund. Soll ich es dir abnehmen?«

Der massige Mann nahm einen großen Schluck Whisky und starrte sie an. So jung, so vital hatte er Virginia seit dem Tod seines Freundes Cass nicht mehr erlebt. Er hätte sich freuen müssen, daß die Rückkehr des Jungen sie so verändert hatte, aber es ärgerte ihn eher. Er wußte, daß sie sich damit weiter von ihm entfernte. »Du scheinst zu wissen, was ich sagen will.«

Sie steckte die Nadel in ihre Stickerei und legte sie beiseite. »Du wolltest sagen, daß der Jeff, den du kanntest, und du hast ihn nicht sehr gut gekannt, Murray ...«

»Weiter.«

»Du wolltest mir sagen, daß dieser Jeff, den du kanntest, nicht immer – nicht immer ein braver Junge war. Aber das weiß ich. Dem Jeff, den du kanntest, würdest du es durchaus zutrauen, daß er den Gedächtnisschwund nur spielt, um – um der Wirklichkeit und allen ihren Schwierigkeiten zu entfliehen, um seine Umwelt zum Narren zu halten, selbst«, es kostete sie Mühe, aber sie brachte es heraus: »selbst um mir weh zu tun.«

Der Mann schwieg.

»Daß ich so viel über ihn weiß, hast du wohl nicht gedacht?« Virginia sah auf die Uhr. »Du wirst sehen, er hat sich sehr verändert.«

Sein Magen zog sich ein wenig zusammen, als er Murray Forde dort stehen sah, einen Berg von Mann, einen massigen Römer in weißer Toga.

»Erinnerst du dich an Murray? Murray Forde.«

Zufällig war diese Gestalt mit etwas weniger Bauch häufig in dem römischen Fotoalbum aufgetaucht, so daß er das mit wohldosiertem Zögern bestätigen konnte. »Hatten Sie nicht – hatten Sie nicht ein gestreiftes Hemd? Ein – ein ziemlich auffälliges Muster.«

Murray kannte das Hemd. Er erkannte auch schweren Herzens, daß Jeff Kenny sich gewandelt hatte, ein anderer Mensch geworden war. Wenn er Virginia je dazu bringen wollte, ihn, Murray, zu heiraten – und an dieser Absicht hielt er unerschütterlich fest –, würde er den älter, reifer und höflicher gewordenen Jeff als Verbündeten brauchen. Ohne seinen Beistand, das stand fest, würde er Virginia nicht bekommen, darauf mußte er sich einstellen.

Wieder einmal hatte er ein dunkles Zimmer betreten, ohne über Möbel zu stolpern oder kostbare Vasen zu zerschmettern, ja, er hatte, wenn er sich nicht sehr irrte, sogar schon den Lichtschalter gefunden. Murray Forde war aufgetaut, war fast herzlich geworden. Er mochte seine Gründe dafür haben. Was für Gründe? Nun, das würde sich schon noch herausstellen. Er war froh, daß er diese Hürde vor dem Auftauchen des Kindes hatte nehmen können. Jetzt war Chris da, eine unförmige kleine Gestalt, die sich langsam aus dem Schatten des Hauses löste. Er hatte das Gefühl, daß ihm eine schwierige Begegnung bevorstand.

Die erschreckend maskenhafte Sonnenbrille, konstatierte Virginia, saß wieder an ihrem Platz. Das Haar – ein seltenes Kompliment an den unerwarteten Gast – war gekämmt. Ansonsten aber blieb Joanne Christina sich selber treu. In sicherem Abstand von der Gruppe stand sie und dachte nicht daran, das artige kleine Mädchen zu spielen. Als der Mann, von dem man ihr erzählt hatte, er sei ihr Vater, zu ihr hinsah und aufstand, fragte sie leise, vielleicht ein bißchen nervös, aber sehr bestimmt: »Könntest du wohl hier zu mir herüberkommen?«

Er warf Virginia einen schnellen Blick zu. Sie hob die Brauen und lächelte ein wenig resigniert. Von ihr hatte er keine Unterstützung zu erwarten. Entschlossen wandte er sich um und ging auf das Kind zu, das sich jetzt bis zum Haus zurückgezogen hatte und den Rücken wie in die Enge getrieben gegen die Wand preßte. »Hey«, sagte er.

»Hey«. Sie senkte die Stimme. »Denk nicht, daß ich immer so unhöflich bin. Aber ich sehe nicht ein, warum die anderen ... Dieser Murray!«

»Auf mich hat er einen ganz netten Eindruck gemacht.«

»Er ist ein Waschlappen.« Sie betrachtete ihn gründlich. Er sah wirklich sehr gut aus und hatte ein nettes Lächeln. Aber damit war noch nicht gesagt, daß er ein richtiger Mensch war.

»Trägst du die Brille immer?«

»Hm.«

»Sieht irgendwie interessant aus.«

»Sieht doof aus, finde ich. Komm mit, ich zeig dir was.«

Nach einem kurzen Blick über die Schulter zu Virginia und Murray hinüber, die auf der Terrasse zurückblieben, folgte er ihr. Sie war offenbar ein aufgewecktes Kind, aber unmöglich konnte sie in ihm den bärtigen Fremden erkannt haben, der sie vor mehr als sechs Wochen am Strand beobachtet und verfolgt hatte. Wenn er trotzdem noch leise Zweifel gehabt hatte, wurden sie durch ihr beiläufiges und nicht unfreundliches Verhalten ausgeräumt.

Während er hinter ihr die breite Treppe hinaufstieg, sah er, daß sie weder dick noch unförmig war. Die abenteuerliche Verkleidung verbarg eine schlanke, geschmeidige Figur. Er war sehr gespannt auf das Gesicht unter der fürchterlichen Brille.

Sie nahm ihn mit in ihr Zimmer, das typische Jugendzimmer eines Mädchens aus wohlhabenden Kreisen, das sich noch nicht zum Teenager gemausert hat. Allerdings enthielt es mehr Bücher, als im Zeitalter der Elektronik üblich, und wirkte sehr viel ordentlicher als der Durchschnitt. Aus einem Schrank in der Ecke nahm sie ein großes Glas, das vermutlich mal Gurken oder Obstkonserven enthalten hatte. Der Metalldeckel war durchlöchert.

»Glaubst du, hier kriege ich eine Klapperschlange rein?« fragte sie.

Er hütete sich, Überraschung zu zeigen, sondern betrachtete das Glas ernsthaft. »Eine große nicht.«

»Eine kleine?«

»Leicht.«

»Nimmst du mich mit in die Wüste und hilfst mir, eine zu fangen?«

»Warum nicht?«

Sie betrachtete ihn lange Zeit schweigend. Er fügte hinzu: »Aber ich will dir was sagen. Es gibt einen Käfig, den die professionellen Schlangenfänger benutzen, damit geht es sehr viel einfacher; es ist auch bequemer für die Schlange. So einen könnte ich dir besorgen.«

»Das würdest du tun?«

»Aber ja.«

»Und du würdest mich mitnehmen? Und mir helfen?«

»Das habe ich doch eben gesagt.«

Er sah also nicht nur aus wie ein richtiger Mensch, er war einer. Warum eigentlich nicht? Schließlich und endlich war er ja ihr Vater. Sie lächelte. Das tat sie selten, und die Wirkung war umwerfend. »Wie soll ich dich nennen?« erkundigte sie sich.

»Ich weiß nicht.« Sie überlegten beiden eine Weile. Gut, daß ich dieses Kind nicht unterschätzt habe, dachte er. Und laut sagte er: »Wie wär's mit Jeff, bis wir uns aneinander gewöhnt haben?«

»Damit wird Großmama nicht einverstanden sein.«

»Das überlaß nur mir.« Er war fast ebenso überrascht wie sie über diese zuversichtliche Feststellung. Aber er wußte plötzlich, daß er sich in vielem würde durchsetzen können. Soweit war es also schon gekommen.

Der Gedanke, daß Virginia nicht mehr unumschränkte Respektsperson im Hause war, gefiel dem Kind ausnehmend. »Okay, Jeff. Ich heiße Chris.«

»Freut mich, Chris.« Sie schüttelten sich die Hand. Es war eine im Grunde lächerliche Geste, aber für beide das Natürlichste von der Welt.

»Jetzt kannst du was für mich tun«, sagte er.

»Nämlich?«

»Du kannst deine Brille abnehmen und mir zeigen, was für ein Gesicht du hast.«

Sie überlegte einen Augenblick. Immerhin hatte er ihr einen Ausflug in die Wüste versprochen und einen Schlangenkäfig. Vielleicht war es doch keine schlechte Sache, einen Vater zu haben, der ein richtiger Mensch war. Da wollte sie auch nicht so sein. Sie nahm die Brille ab.

Er kannte ein Farbfoto ihrer Mutter. Trotzdem packte ihn das klare, intensive Blau der Augen. Viel mehr aber erschütterte ihn die Feststellung, daß diese Augen seinen eigenen so ähnlich waren, der gleiche kühle, abschätzende Blick stand in ihnen. Doch die Ähnlichkeit ging noch weiter. Sie verbarg die Augen hinter einer Riesensonnenbrille, er die seinen hinter Kontaktlinsen. Beide zeigten sie – wenn auch aus verschiedenen Gründen – der Welt eine Maske.

10

Rose war eingeschlafen. Er griff über sie hinweg nach den Vorhängen, die, wie sie einmal gesagt hatte, den Tag so nachhaltig aussperrten. Die Sonne stand schon tief und warf ein breites, schräges Band ins Zimmer. Es war sechs. Allmählich mußte er sich auf den Weg machen.

Das Verhältnis zu Virginia hatte sich nicht ganz so entwickelt wie erwartet. Die Zuneigung war da, aber sie äußerte sich in reservierter Herzlichkeit, die ihm zunächst Sorge gemacht hatte. Offenbar hatte es etwas mit ihrer früheren Einstellung zu ihm zu tun. Er hatte ja schon selber den Verdacht gehabt, daß Jeff Kenny ein verwöhnter junger Mann gewesen war, der nur mit den Fingern hatte zu schnippen brauchen, um von seinen ihn anbetenden Eltern alles zu bekommen, was er nur wollte. Und dann war gestern abend beim Essen Murray eine Bemerkung entschlüpft, die ihm verraten hatte, daß Jeffs Manieren sich in den letzten zwölf Jahren gebessert hatten, daß Jeff Kenny in mehr als einer Beziehung ein neuer Mensch geworden war.

Alles in allem konnte er sich nicht beklagen. Ihm war einer der beiden Gästeflügel des Hauses zur Verfügung gestellt worden, in dem er schalten und walten konnte, wie er wollte. Sogar seinen eigenen Patio und kleinen Swimming-pool hatte er. Es war sehr friedlich dort. Wenn seine Kopfschmerzen ihn quälten, brachte Tony, der Filipino, ihm exquisite Mahlzeiten auf einem mit feinstem Damast, Kristall und Silber gedeckten Rolltisch. Die Luft war kühl, morgens sangen die Vögel, seine Anzüge waren stets sauber und frisch gebügelt, die Schuhe geputzt, und das Tun und Treiben im anderen Teil des Hauses erreichte ihn nur gedämpft, wenn überhaupt.

Selbst über ein eigenes Telefon verfügte er, keinen Nebenapparat, sondern einen gesonderten Anschluß. Er schwamm, wie er es so lange erträumt hatte, im Luxus. Und all das hatte er in drei Tagen geschafft. Nicht auszudenken, was er in drei Monaten oder gar drei Jahren erreichen konnte.

Aber es war anstrengend. »Einen Penny für deine Gedanken«, sagte Rose leise. Er hatte nicht gemerkt, daß sie aufgewacht war.

»Ich habe gerade daran denken müssen, wie ich dich ausgelacht habe, weil du dir eingebildet hattest, ich wäre ein Rockefeller. Dein Tip war gar nicht so falsch.«

»Das gelbe Kleid, das sie an dem Abend trug, ist jedenfalls nicht von der Stange und der Klunker an ihrem Finger nicht von Woolworth.«

Er lachte und küßte sie. »Jetzt muß ich aber machen, daß ich fortkomme, es ist schon nach sechs.«

Er stand auf und begann sich anzuziehen. »Übrigens wirst du am Sonntag zum Lunch erwartet. Hast du Lust?«

»Aber ja. Deine Mutter hat mich neulich höchstpersönlich eingeladen.«

Er warf ihr einen scharfen Blick zu. Sie hatten also hinter seinem Rücken miteinander geredet. Über ihn. »Wann war das?« Er versuchte, der Frage die Schärfe zu nehmen, die in seinem Blick gewesen war und die sie natürlich bemerkt hatte.

Rose betrachtete ihn einen Augenblick schweigend. »Sie – sie haben dich überprüft, Darling.«

Sein Magen krampfte sich zusammen. Eisige Furcht packte ihn. »Überprüft?«

»Findest du das so überraschend?«

»Sie? Du meinst Virginia und Murray?«

»Aber Liebling, mach doch kein so unglückliches Gesicht! Du hast eben selber zugegeben, daß sie eine sehr reiche Frau ist. Ich glaube, die Idee stammt von ihm, sie schien gar nicht so scharf darauf zu sein. Er mag sie sehr gern, offenbar möchte er vermeiden, daß sie sich lächerlich macht.«

»Wann war das?«

»Vorgestern.«

Während sie ihn zum Abschied küßte, nahm er sich vor, selber ein bißchen zu überprüfen. Er mußte herausbekommen, was sie erfahren und von wem sie etwas erfahren hatten. Virginia würde es ihm sagen. Sie würde ihm alles sagen, wenn er es nur geschickt anstellte. »Also bis Sonntag, Schatz. Ich hole dich um halb zwölf ab.«

»Fein. Ich bin schon sehr gespannt auf deine bescheidene Behausung.«

Als er zu seinem Wagen ging, war seine Selbstsicherheit zurückgekehrt. Der verzweifelte Augenblick eisiger Furcht war ein heilsamer Schock gewesen. Die großartige Position, die er sich aus eigener Kraft, nur durch seinen wachen, agilen Verstand geschaffen hatte, erschien ihm jetzt nur noch wertvoller. Sollten sie ruhig überprüfen, bis sie schwarz wurden, es war für alles gesorgt, es würde alles glattgehen.

Seine Sicherheit wäre stark erschüttert worden, hätte er gewußt, wie Joanne Christina diesen Freitagnachmittag verbracht hatte.

Pete, der Mann, der den Swimming-pool saubermachte, hatte sie wie jeden Freitag mit seinem Wagen zu der Bushaltestelle Pico gebracht, ehe er sich dem nächsten Swimming-pool in Cheviot Hills widmete. Chris stieg Ecke Oceanview aus und ging bis zu einer kleinen Seitenstraße, die direkt am Strand führte und Majolica Drive hieß.

Dort standen kleine, einfache Holzhäuser. Nummer sieben, vor dem Chris stehenblieb, machte einen ordentlichen Eindruck, es wirkte gepflegter als seine Nachbarn, aber der Baulärm von dem in der Nähe entstehenden Jachthafen und die schnell wuchernden Hochhausblöcke ließen erkennen, daß die Tage dieser Siedlung gezählt waren.

Sie klopfte. Nach einer Weile öffnete eine Frau, die um die Dreißig sein mochte, aber viel älter wirkte. Das Gesicht war geradezu erschreckend leer und ausdruckslos. Scharfe Falten hatten sich unter den Augen eingegraben und zogen sich von den Nasenflügeln zu den Mundwinkeln. Die Haut war pergamentfarben, stubenblaß. Die Frau trug kein Make-up, das Haar war ordentlich, aber unmodisch frisiert. Das einzig Bemerkenswerte an diesem Gesicht waren die Augen. Wenn Jeff Kenny noch am Leben gewesen wäre, hätte er wahrscheinlich seine Frau Holly an dem ein wenig verblaßten, aber noch immer unwahrscheinlich intensiven Blau ihrer Augen erkannt – an nichts sonst.

Der Besuch im Schönheitssalon hatte Virginia Kenny ganz gegen ihre sonstige Gewohnheit nicht in Hochstimmung versetzt. Der Unterredung mit Leo, die vor ihr lag, sah sie mit gemischten Gefühlen entgegen.

Sie ärgerte sich über Murray, weil er die Erkundigungen über das Schicksal ihres Sohnes so heimlich eingeholt hatte. Sie hätte es viel netter gefunden, wenn die Sache offen mit Jeff besprochen worden wäre. Immerhin hatte sie befriedigt vermerkt, daß alles in schönster Ordnung war. Natürlich! Was hatte er denn auch erwartet, dieser mißtrauische Murray?

Dr. Kallman war nicht mehr am Aldington Institute, aber sein Assistent hatte alle Einzelheiten bestätigt und seiner Freude darüber Ausdruck verliehen, daß der Fall des armen »James White« endlich abgehakt werden konnte. Wenn Jeff mal eine Nachuntersuchung brauchte – die Klinik stand stets zu seiner Verfügung.

Von Susan Sackville Inc. in Greenstown, Missouri, war die Auskunft gekommen, daß James White ein äußerst gewissenhafter Mitarbeiter gewesen war, den sie nur ungern hatten gehen lassen. Der Betriebsarzt, den sie nach einem halben Dutzend vergeblicher Versuche endlich an die Strippe bekamen, war geradezu begeistert gewesen, daß der Urlaub des jungen Mannes ein so glückliches Ende gefunden hatte.

Rose Maddox – ein reizendes Mädchen, schade, daß sie Schauspielerin war – hatte für diese Fakten eine letzte Bestätigung geliefert. Was für ein Glück, daß Jeff an so eine nette, natürliche, offene Person geraten war. Und wie schön, daß sein Geschmack in punkto Frauen sich so grundlegend geändert hatte.

Leo wartete in einer Ecke der fast leeren Bar auf sie. Es war ein Feierabendtreff für Geschäftsleute und Journalisten (falsche Eichenholztäfelung, Kaminfeuer-Imitation hinter schmiedeeisernem Gitter), in dem sie schon öfter zusammen gewesen waren. Er machte ein trübseliges Gesicht. Demnach wußte er bereits, was sie ihm zu eröffnen gedachte, und sie überlegte, warum sie sich überhaupt entschlossen hatte, ihm die unangenehme Nachricht persönlich zu überbringen. Aber sie fand es irgendwie unanständig, eine Affäre telefonisch zu beenden, obgleich sie genug Frauen kannte, die sich dabei nichts dachten. Eine Szene war natürlich nicht zu befürchten. Leo hatte von Anfang an genau gewußt, wieviel oder wie wenig er ihr bedeutete, da machte sie sich gar keine Illusionen. Es war ein unverbindlicher Vertrag auf Gegenseitigkeit gewesen.

Allerdings schien er Schwierigkeiten zu haben, ihre Beweggründe zu begreifen. »Okay, Darling, da kann man nichts machen, aber ein bißchen verrückt finde ich es schon. Er ist erwachsen, er weiß doch auch, wo's langgeht.«

»Er – er ist krank, Leo. Ich darf es für ihn nicht noch komplizierter machen.«

Es gab natürlich eine Lösung. »Dann komm zu mir«, hätte er sagen können. »Komm zu mir, und er wird es nie erfahren.« Aber das, gerade das, war ausgeschlossen. Zu ihm in seine kümmerliche Bude? Wo war dort der teure Rotwein, wo war das exquisite Parfüm, an dem er so gern geschnuppert hatte, wo war die zarte Bettwäsche, über die er mit fast sinnlichem Vergnügen gestrichen hatte, die Fabergé-Uhr am Bett mit ihrem diamantbesetzten Pendel, deren eifriges Ticken die Stunden der Liebe und der Lust in köstlichem Luxus begleitet hatte?

»Ich bin es ihm schuldig, Leo. Ich – es ist sehr schwer zu erklären, ohne die Vergangenheit wieder aufzuwühlen, und das wäre ja sinnlos. Ich habe damals Fehler gemacht, die ich nicht wiederholen möchte.«

Er hatte gar nicht richtig hingehört. Wenigstens habe ich den Mercedes, hatte er gedacht.

Und dann war sie fort. Nur ein Hauch ihres Parfüms schwebte noch in der Luft. Es war halb sechs. Von Rechts wegen hätte er sich noch wenigstens eine halbe Stunde im Büro sehen lassen müssen. Ach was – der Teufel sollte das Büro holen. Jetzt brauchte er noch einen Scotch. Und noch einen.

Inzwischen belebte sich die Bar mit männlichen und auch ein paar weiblichen Gästen, allerdings war nichts darunter, was ihn auch nur entfernt interessiert hätte. Noch ein Scotch . . .

Langsam fühlte er sich besser. Mit dem Mercedes hatte er es wenigstens leichter, sich eine neue Puppe an Land zu ziehen; wer weiß, vielleicht fing er mit diesem Köder sogar wieder einen echten Goldkäfer. Er lächelte.

»Hey, Leo, was grinst du da vor dich hin? Barkeeper, gib dem Herrn einen Scotch, er sieht so durstig aus.«

Um diese Zeit war er am liebsten hier. Die Gäste waren alle gute Kumpels, froh, daß die Büroarbeit hinter ihnen lag. Außerdem war heute Freitag. Ein leeres Wochenende lag vor ihm. Warum sollte er sich nicht vollaufen lassen? Er hatte ja jetzt Zeit, viel Zeit . . .

Komisch, dieses Gefühl, auf einer Wippe zu sitzen. Hinauf: zur Hölle mit Virginia, zur Hölle mit ihrem Luxusschuppen. Das war ja kein Haus, das war ein verdammtes Museum, vollgestopft mit Antiquitäten, und wer war wohl die größte Antiquität darin, haha . . . Hinunter: die schicken Restaurants würden ihm fehlen, Herrgott noch mal, und die kleine Uhr am Bett, und die Liebe im Luxus . . .

Hey Leo! Hey, Burt! Hey, Leo! Hey, Dan!

Dan Harrap, Harvard-Absolvent, Klatschkolumnist der *Los Angeles Times*. War das tatsächlich Dan Harrap? Jawohl, in Lebensgröße. Fett und lächelnd und auf Klatsch erpicht wie eh und je.

»Großartig siehst du aus, Leo, wie geht's der Dame deines Herzens?«

Ja, wie ging es der Dame seines Herzens? Was besagte Dame gerade erlebt hatte, würde Dickwanst Harrap vermutlich brennend interessieren. Wie hatte sie doch gesagt: »Also, meine Lieben, bitte kein Wort zu irgend jemandem über die Sache. Ihr seht ja, in welcher Verfassung er ist. Jeff ist krank. Niemand darf etwas erfahren. Ihr versprecht es mir, ja?«

Sie hatten es, dämlich wie sie waren, alle versprochen.

»Großartig siehst du aus, Leo, wie geht's der Dame deines Herzens?«

Er benahm sich gemein, das wußte er. Aber warum sollte er nicht auch mal gemein sein? Andere waren zu ihm auch gemein, jawohl. Hinunter sauste die Wippe: armer alter Leo, fürs Bett bist du gut genug, und dann setzen sie dich vor die Tür, lassen dich gammeln, bis du grau und klapprig wirst . . . »Also, meine Lieben, ich weiß, ich kann mich auf euch verlassen . . .« So, weißt du das, Mrs. Virginia Jet-Set-Kenny?

»Großartig siehst du aus, Leo. Wie geht's der Dame deines Herzens?«

»Tja, Dan, da hätte ich dir eine nette kleine Geschichte zu

erzählen . . .«

Schließlich konnte es ihm doch egal sein, wenn Jeff, dieses verwöhnte Muttersöhnchen, in einem teuren Anzug, eine teure Puppe am Arm, von den Toten auferstand. »Ich wette, das kannst du in deiner Klatschspalte unterbringen. Ihr Sohn Jeff war doch in Vietnam vermißt, das ist ja hier allgemein bekannt. Also stell dir vor, der ist gar nicht gefallen, er . . .«

Offenbar war Dan Harrap nicht übermäßig beeindruckt. Erstens wußte er über Leo besser Bescheid, als dieser ahnte. Zweitens fand er die ganze Sache ziemlich geschmacklos. Er spielte sogar mit dem Gedanken, das Gehörte völlig zu ignorieren, aber das brachte er als guter Journalist natürlich nicht fertig. Man würde es recherchieren müssen. Nur ein Idiot kaufte Leo Faber unbesehen ab, was der selbst in nüchternem Zustand daherschwatzte, und die Stellung von Virginia Kenny in der Gesellschaft ließ es nicht ratsam erscheinen, unzutreffende Nachrichten über die Dame zu verbreiten. Bis er der Sache nachgegangen war, hatte er den Redaktionsschluß für diese Sonntagsausgabe verpaßt. Vielleicht konnte er aber nächste Woche ein, zwei Spalten bringen, vorausgesetzt, die Regenbogenpresse hatte nicht im Lauf der Woche Wind von der Geschichte bekommen und ihm die Schau gestohlen.

Auf jeden Fall belohnte er Leo für die Indiskretion mit einem seiner besten Harvardblicke, der deutlicher als viele Worte besagte, daß er Leo für ein ganz mieses Schwein hielt.

11

Joanne Christina Kenny saß unter einer Bananenpalme und sah den Schildkröten beim Liebesspiel zu. Vom Haus her kam undeutliches Stimmengewirr. Sie wußte, worüber die Erwachsenen redeten, denn sie hatte ein paar Minuten unter dem Fenster gelauscht. Es ging um Jeffs Geld, um eine Menge Geld.

Aber das interessierte sie jetzt nicht so sehr wie die Geschichte mit ihrer Mutter. Erwachsene hatten ein erschreckendes Talent, das Leben zu komplizieren. Die Geschichte mit ihrer Mutter war so eine Komplikation, und zwar von Anfang an. Das war vor ungefähr einem Jahr gewesen. Die Privatschule von Miss Mannering lag entsetzlich weit weg, am anderen Ende des Santa Monica Boulevard, so daß Chris immer mit dem Auto von Tony oder ihrer Großmutter oder einem ihrer ständigen Begleiter hingebracht und wieder abgeholt werden mußte. Sie kamen meist nicht pünktlich, das heißt, Tony war immer rechtzeitig da, aber die anderen Erwachsenen verspäteten sich regelmäßig aus tausend verschiedenen Gründen. Wenn sie nach Schulschluß noch nicht da waren, ging sie bis zur Ecke und gönnte sich dort in der Eisdiele etwas Kühles und Köstliches, bis der Wagen anrollte.

Eines Tages fiel ihr dort die hagere, triste Frau mit der sehr dunklen Sonnenbrille auf, die sie ständig anstarrte. Das heißt, wenn Chris zu ihr hinsah, tat sie ganz harmlos und schaute in eine andere Richtung. Sie kam oft. Vor der Eisdiele war eine Bushaltestelle, und dort bestieg die seltsame Frau nach einer Weile immer den Bus nach Santa Monica. Hatte sie irgendwann einmal vor der Frau Angst gehabt? Nein, eigentlich nicht. Sonderbar war sie ihr schon vorgekommen, aber nicht so, daß man sich vor ihr fürchten müßte. Nachdem sie drei Wochen diese stumme Musterung durch die dunkle Sonnenbrille über sich hatte ergehen lassen, schwänzte sie eines Tages die letzte Unterrichtsstunde, folgte der fremden Frau bis zur Ecke Majolica Drive und sah zu, wie sie die Tür zu Nummer sieben aufschloß. Chris ging um das Haus herum und spähte durch den hölzernen Zaun in den Hof, der voller Gerümpel stand. Nach einer Weile tauchte die seltsame Frau auf, einen Korb in der Hand. Aus dem Korb nahm sie nasse, abgetragene Unterwäsche und hängte sie auf die Leine. Die Kollektion umfaßte nicht nur weibliche Wäschestücke, sondern auch Männerunterhemden und -hosen. Erst als sie damit fertig war und sich – diesmal ohne Sonnenbrille – umdrehte, sah Chris ihre Augen, große Augen von einem tiefen, intensiven Blau.

Es konnte wohl kaum ein Zufall sein, daß Joanne Christina eine Mutter gehabt hatte, die eines Tages spurlos verschwunden war; daß diese seltsame Frau, etwa im richtigen Alter, um die Mutter einer Elfjährigen zu sein (obgleich man ihr Alter unmöglich schätzen konnte), Tag für Tag in die Eisdiele kam und Chris anstarrte; und daß in ihrem verlebten Gesicht Augen standen, deren Farbe und Schnitt Chris bisher nur an ihrem eigenen Spiegelbild gesehen hatte.

Danach war Freitag zum Majolica-Drive-Tag geworden, weil Pete, der Mann, der den Swimming-pool saubermachte, sie ein Stück mitnehmen konnte. Zurück fuhr sie mit dem Bus bis zum *Beverley Hills Hotel* und nahm sich von da ein Taxi bis zum Anfang des Upper Canyon Circle. Für den Fall, daß jemand dumme Fragen stellte, hatte sie Jane darauf eingeschworen zu lügen, was das Zeug hielt.

Es war schwer zu sagen, wann die seltsame Frau den Freitagbesuchen auf die Spur kam oder wann sie beschloß, sich bemerkbar zu machen. Am sechsten Freitag jedenfalls betrat sie unerwartet den Hof und sah mit ihren blauen Augen genau auf die Stelle des Zauns, hinter der Joanne Christina hockte wie eine Kreuzung zwischen Mata Hari und verschrecktem Kaninchen. »Komm doch herein und trink eine Coca«, sagte die Frau.

Innen war das komische kleine Haus viel ordentlicher, als der Hof vermuten ließ, und sehr sauber. Trotzdem wirkte es irgendwie traurig und deprimierend, fand Chris.

Sie sprachen nie von Geld oder von Nummer 234. Sie sprachen überhaupt nicht viel. Seit jener Zeit hatten sie sich vielleicht zwanzigmal getroffen. Was die seltsame Frau davon hatte, wußte Chris nicht, aber irgendwie war es für sie beide wichtig geworden, sich freitags zu sehen, eine Viertelstunde, eine Stunde, zwei Stunden, ohne viel zu reden, und wenn, dann nur über Allgemeinheiten.

Vielleicht hatten sie beide gewartet. Der Augenblick, auf den sie gewartet hatten, ohne es zu wissen, war gestern gekommen. Die seltsame Frau schloß die Tür, und Chris verkündete: »Mein Vater Jeff ist zurückgekommen. Er war eine Ewigkeit in Kriegsgefangenschaft und ist krank gewesen. Er hat sein Gedächtnis verloren.«

Die seltsame Frau atmete ganz langsam aus und fragte dann beherrscht und sehr leise: »Was – was hältst du von ihm?«

»Ich finde ihn nett. Er nimmt mich mit in die Wüste, und wir fangen eine Klapperschlange.«

Sie gingen den Strand entlang und dann hinaus zum Pier. Es wehte ein kühler Wind, und der Himmel war tiefblau. Der Pazifik blitzte und funkelte und zeigte sich von seiner charmantesten Seite. Am Ende des Piers blieben sie stehen und sahen den geduldigen alten Männern und den ungeduldigen Kindern zu, die gleichermaßen erfolglos ihre Angeln auswarfen. Schließlich sagte Holly: »Ich muß ihn sprechen. Nur einmal. Nur ein paar Minuten. Aber wenn du ihm sagst, wer ich bin, kommt er nicht. Ich verspreche dir, daß er dich nicht verraten wird. Nicht deiner Großmutter, niemandem. Aber ich muß ihn sehen. Du mußt ihn zu mir bringen.«

12

Es war eine Lust zu leben. Zuversicht erfüllte ihn, zum erstenmal hatte er das Gefühl, wirklich Jeff Kenny zu sein. Die Einzelheiten seiner Finanzverhältnisse, in die ihn sein Anwalt Feldman behutsam eingeführt hatte, hatten seine Erwartungen so weit übertroffen, daß er geraume Zeit sprachlos gewesen war. Zum Glück kam bei Mr. Feldmans Vorträgen ohnehin niemand sonst zu Wort, so daß er sich in aller Ruhe an den Gedanken gewöhnen konnte, ein sehr reicher junger Mann zu sein.

Der Champagner sang in seinem Blut, die Terrasse lag im warmen Sonnenschein, die leichte Brise setzte tausend Glanzlichter auf den Wasserspiegel des Swimming-pools. Das war ein Leben, weiß Gott, ein Leben! Das hatte er mit seinem Plan erreichen wollen.

Chris war nicht da. Der Brunch am Sonntag, hatte Virginia gesagt, war ihr ein ganz besonderer Greuel. Vielleicht erschien sie, wenn es etwas zu essen gab, meist aber holte sie sich ihren Anteil aus der Küche von Tony. Zum Glück wußte Virginia nicht, daß Chris sich in diesem Augenblick in dem unbenutzten Gästeflügel befand und mit Holly Loring-Kenny-Mitchell telefonierte.

Rose schwebte im siebten Himmel. Der sensationelle neue männliche Star am Hollywoodhimmel hatte sie am Broadway auf der Bühne gesehen und lobte ihre Leistung über den grünen Klee. Was, sie hatte immer noch diesen Halsabschneider von Agenten? Am Montag würde er sofort mit seinem eigenen Agenten telefonieren und ein Treffen vereinbaren.

Der neue Jeff Kenny räkelte sich in der Sonne und lächelte vor sich hin. Virginia sah ihn an. »Er wirkt täglich gelöster«, dachte sie. »Schön ist das.« Er nickte ihr strahlend zu. Ein wundervoller Tag. Ein wundervolles Leben.

Etwa um diese Zeit saß Dan Harrap von der *Los Angeles Times* mit seiner Frau bei *Scotty's* – ebenfalls zum Brunch. Scotty persönlich kümmerte sich um ihn. Er wußte den Besuch des großen Mannes zu schätzen.

»Ihr hattet ja neulich ein richtiges Drama hier, Scotty. Virginia Kenny . . .«

»Also, Mr. Harrap, Sie hören wirklich das Gras wachsen, das muß man Ihnen lassen!«

»Gehört zu meinem Beruf. Was ist denn nun wirklich passiert?«

Scotty zögerte. Er hatte die goldene Regel, nie mit einem Gast über einen anderen zu reden. Andererseits . . .

Dan Harrap, im Gedankenlesen geübt, sagte sanft: »Denk an die Publicity, Scotty.«

»Okay, ich versuch's«, sagte Joanne Christina am Telefon des unbenutzten Gästeflügels im Upper Canyon Circle Nummer 234. »Wenn's nicht klappt, haben sie sich alle so die Nase begossen, daß sie nicht mehr laufen können.«

Sie ging in ihr Zimmer zurück und betrachtete lustlos den Klapperschlangenkäfig; in ihrer augenblicklichen Stimmung glaubte sie nicht mehr so recht an den versprochenen Ausflug. Wie vieles andere war das wahrscheinlich nur ein Kindertraum. Wie ein Kind, das Angst vor der Dunkelheit hat, wäre sie am liebsten davongelaufen, aber sie ahnte mit ganz unkindlicher Klarheit, daß man seinen Gedanken und Gefühlen nicht davonlaufen konnte.

Daher wirkte sie sehr hilflos und rührend, als sie den Mann, den man ihren Vater nannte, nach dem Essen im Haus abfing. »Wo hast du denn gesteckt?« fragte er. »Ich hab dich schon vermißt.«

Eine beredte Geste zur Terrasse hin. »Ich kann das Getue da draußen nicht ausstehen.«

Er spürte ihre Einsamkeit. Ehe er sich dagegen wappnen konnte, war er in seine eigene Kindheit zurückversetzt. Am Sonntagnachmittag war es am schlimmsten gewesen, weil da sein Vater regelmäßig betrunken war.

Chris, die seine weiche Stimmung bemerkte, sagte schnell: »Wenn sie alle weg sind, gehst du dann mit mir an den Strand?«

»Aber ja.« Er wußte, daß an einem Sonntag keine zehn Pferde Rose an den Strand bringen würden. Menschenmengen waren ihr zuwider.

Er verständigte sich schnell mit ihr und brachte sie nach Hause, während Chris schweigend im Fond saß. Dann fuhr er mit dem Kind an den Strand.

Als sie den Wagen abgestellt hatten und sich auf den Sandstreifen zubewegten, wo Teenager sich mit Coke bespritzten, besorgte Väter ihre wilde Brut zusammenzuhalten suchten, ernsthafte Angler aller Altersstufen von neun bis neunzig dem Pier zustrebten, blieb sie plötzlich an einem Mäuerchen stehen, auf das jemand mit roter Farbe gepinselt hatte: »Krishna liebt auch dich.« Er schaute sie an und erschrak. Sie sah aus, als hätte sie Schmerzen. Sekundenlang dachte er, eins der vorbeigehenden Kinder hätte sie geschlagen. Er trat zu ihr. »Chris, was ist los?«

Sie machte ein ernstes Gesicht. »Ich hab versprochen, es dir nicht zu verraten, aber –« Sie seufzte tief auf. »Aber ich glaube, ich muß es dir doch sagen. Es ist – es ist sonst nicht fair.«

Der Gehsteig war schmal, und sie wurden ständig von Passanten gepufft und gerempelt. Sie standen sehr unbequem gegen die Mauer gepreßt, um der schwitzenden Sonntagsmeute auszuweichen. »Komm, wir setzen uns an den Strand, da können wir reden, ja?«

»Nein.« Er hätte schwören mögen, daß sie drauf und dran war, in Tränen auszubrechen.

»Komm, Äffchen, sag mir, was dich bedrückt.«

»Ich – ich hab' jemandem versprochen, daß ich dich hinbringe. Aber – aber es ist noch nicht zu spät, du kannst noch zurück.«

»Versprochen? Wem hast du was versprochen? Warum? Was meinst du nur?«

Chris sagte es ihm.

Die Worte waren wie eine Serie gut gezielter Boxhiebe, die ihn fast zu Boden warfen. Nur mühsam fing er sich wieder und versuchte, seine durcheinanderwirbelnden Gedanken zu ordnen. Natürlich hatte die Kleine recht, sie konnten sich in den Wagen setzen und davonfahren, und die Frau konnte nichts, aber auch gar nichts dagegen tun. Andererseits – seine Mutter hatte ihn akzeptiert, warum nicht auch seine frühere Frau? Es war ein Test, auf den er gern verzichtet hätte, aber wenn er sich drückte, war nichts gewonnen. Im Gegenteil, wenn er sich jetzt stellte, hatte er es hinter sich.

»Sollen wir – sollen wir wieder wegfahren?« fragte Chris scheu.

»Aber wieso denn? Los, zeig mir den Weg.«

Er starrte ungläubig die verlebte Frau mit dem leeren Gesicht an, die ihnen öffnete. Plötzlich klopfte sein Herz dumpf. Er sah Chris an. »Hast du Geld, Äffchen?«

»Ja.«

»Lauf und kauf dir ein Eis. Wir treffen uns am Wagen wieder.«

»Zehn Minuten«, rief die Frau dem Kind mit flacher, ausdrucksloser Stimme nach. »Ich brauche nicht mehr als zehn Minuten.«

Er folgte ihr in das deprimierende Haus.

»Du hattest also nicht mal den Anstand, dich totschießen zu lassen«, stellte sie fest.

Er spannte sich. Eine Alarmglocke begann in seinem Gehirn zu schrillen.

Sie ging auf ihn zu, drehte ihr Gesicht so, daß das helle, erbarmungslose Licht des kalten, blauen Pazifikhimmels, das durch das eine schmutzige Fenster fiel, ihm die schlaffe, ungesunde Haut, die tiefen Falten, die gelben Schatten unter den Augen, den Verfall in seiner ganzen Grausamkeit zeigte. Er rechnete nach. Sie mußte einunddreißig sein. Wenn man sie sah, hätte man es nie geglaubt. Sie wußte, daß sie keinen Kommentar zu geben brauchte. Das Gesicht, der ausgemergelte Körper sagten alles, was gesagt werden mußte.

»Zufrieden?« fragte sie. Er schwieg noch immer.

»Für dich war alles nur ein Heidenspaß, nicht? Alles war ein Kick für dich, du perverses Schwein. Ein bißchen Hanf, ein bißchen Speed, ein bißchen LSD, alles ein Kick für Jeff Kenny den Großen, und wenn jemand dran hängenbleibt, was geht's ihn an? Warum sagst du nichts? Erzähl mir bloß nicht, daß dir noch was die Sprache verschlagen kann!«

Es war fast, als hätte sich Jeff Kenny mit den richtigen, mit *seinen* Worten in die Bresche geworfen. Er hörte seine eigene Stimme, schroff, verächtlich: »Ich habe dir nichts zu sagen. Was willst du, Geld?«

»Geld? Daß ich nicht lache! Das ist dein Schlüssel zu allem, nicht? Geld kauft den Kick, Geld vertuscht die Schweinerei, Geld stopft den Bullen den Mund, und Geld wird der dummen kleinen Holly in den Rachen geschmissen, damit sie brav bei ihrem Hasch bleibt und nicht quatschen kann. Behalt dein Scheißgeld. Und mach dir nicht in die Hose vor Angst, ich petze es schon nicht der Mammi!« Sie kam ganz dicht an ihn heran, ihr Atem roch nach Schnaps. »Aber eins muß ich dir sagen, Jeff, eins nur. Laß das Kind in Ruhe! Wenn ich merke, daß du irgendwelche krummen Touren mit dem Kind machst, dann schlag' ich einen Krach, den man im ganzen Land hört, dann schrei' ich so laut, daß du in sämtliche verdammten Schlagzeilen dieses verdammten Landes kommst.«

In ihrem Gesicht stand nackte Qual. Aber wieder wußte er, was Jeff Kenny, dieser neue, unerwartete und erschreckende Jeff Kenny, von ihm erwartete. »Du dummes Luder, du kannst mir überhaupt nichts anhaben. Meinst du, so einem Wrack wie dir kauft man was ab?«

Sie sah ihn an, und er hatte plötzlich das unheimliche Gefühl, daß er wirklich von dem Mann besessen war, den er vor so vielen Jahren getötet hatte. »Hör zu«, sagte er. »Ich war vielleicht ein verrückter Junge, wir haben eine Menge Blödsinn angestellt, aber damals warst du nicht so schnell bei der Hand mit deinen Anklagen, oder?«

Sie machte den Mund auf, aber kein Ton kam heraus. Er wußte, daß er auf der richtigen Spur war. »Was du mit deinem Leben gemacht hast, Holly, nachdem ich fort war, ist ganz allein deine Schuld. Nicht ich habe dich in den Dreck gezogen, das hast du allein besorgt. Du hast gelitten? Ja, glaubst du, ich nicht? Du hast dich verändert? Ich auch.«

Sie schnappte nach Luft und wandte sich ab. Erst Sekunden später begriff er, daß sie ihre Tränen vor ihm verbergen wollte. Erbarmungslos stieß er nach. »Ich liebe das Kind. Nicht um die Welt würde ich Chris weh tun. Und du – eine schöne Mutter bist du gewesen . . .«

Nur mit Mühe beherrschte er sich. Sein Kopf schmerzte wie rasend, und wie üblich spielten ihm aus lauter Mitleid auch die Kontaktlinsen wieder ihre Streiche. Er mußte weg aus diesem Haus, weg von dieser Frau, jetzt, sofort. Nein – so ging das nicht. Diese schreckliche Szene mußte durchgestanden werden bis zum bitteren Ende. »Chris ist bei mir gut aufgehoben, das weißt du so gut wie ich. Ihre Großmutter hat rührend für sie gesorgt, was ich nicht tun konnte und du nicht tun wolltest.«

»Diese – diese Nutte!«

»Es gibt hier nur eine Nutte, und die heißt nicht Virginia Kenny. Merk dir eins, Holly. Wenn ich von dir auch nur einen Mucks höre, hetze ich dir eine ganze Armee von Anwälten auf den Hals, und die machen dich fix und fertig, verlaß dich drauf. Hast du mich verstanden?«

Sie schniefte und jammerte. »Ich muß Chris sehen, Jeff, wenigstens ab und zu. Niemand braucht es zu wissen, niemand wird es von mir erfahren.«

Er holte tief Atem. »Ich mache dir einen Vorschlag. Ich schicke Chris zu dir, jetzt gleich, und wir lassen sie selbst entscheiden. Okay?«

Sie sah ihn einen Augenblick fassungslos an, dann nickte sie vor sich hin. »Ich glaube, du hast dich wirklich geändert.«

Zu auffallend durfte seine Wandlung nicht wirken. Deshalb fügte er grob hinzu: »Trink um Himmels willen nichts mehr, ehe sie kommt. Und spül dir den Mund aus. Du stinkst.«

Er ging an ihr vorbei, weil er ihren Anblick auch nicht einen Augenblick länger ertragen konnte, riß die Tür auf – und eine vornübergebeugten Gestalt schoß an ihm vorbei und landete krachend am Fernseher, zum Glück aber, ohne mit dem Kopf die Bildröhre zu durchschlagen. Es war ein noch junger Mann. Beim Versuch, sich aufzurichten, fiel er wieder hin und riß einen der gebrechlichen Stühle mit. Er hatte langes Haar und ein verwüstetes Gesicht. Schätzungsweise – man bekam nach so vielen Jahren in Vietnam einen recht guten Blick dafür – litt er an Hasch- oder sogar Heroinentzug.

Eine Trumpfkarte. Für ihn, nicht für sie.

Es war Sonntagnachmittag, kurz nach vier. An diesem Tag und um diese Zeit war der *Sandpiper* fast leer. Er brauchte keinen Drink, er wollte nur weg aus der gleißenden Sonne, dem Lärm und der schwatzenden Menschenmenge. Hier, in der Pinte, war es kühl und dämmrig, es roch nach Bier, und man wußte nicht, ob es Mittag oder Mitternacht war. Die Zeit blieb stehen, sogar die Musikbox – seltenes Glück – schwieg.

Er begriff jetzt, weshalb er über die Studienjahre seines Doppelgängers hier in Kalifornien so wenig herausbekommen hatte. Die Lücke war ihm seltsam vorgekommen. Sie war mehr als seltsam, sie war verdächtig. Kenny selbst hatte dafür gesorgt, daß es wenig herauszufinden gab.

Als er die Kneipe verließ – das Glas hatte er unberührt auf dem Tisch stehenlassen –, um sich mit Chris zu treffen, ertappte er sich bei einem Gefühl der Genugtuung, daß Freund Kenny durchaus kein Tugendspiegel gewesen war.

Chris saß schon im Wagen und lutschte mißgelaunt an einem Eis. Er setzte sich neben sie und fragte: »Na, wie war's?«

Sie betrachtete schweigend ihr Eis und warf es dann aus dem Wagenfenster. »Ich hasse Pistazieneis, du auch? Die Frau hat nicht alle Tassen im Schrank. War sie schon so, als du sie geheiratet hast?«

»Nein. Sie ist krank gewesen.«

»Wahrscheinlich ausgeflippt.«

Er sagte nichts. Chris seufzte. »Sie war früher so hübsch. Ich hab' Fotos von ihr gesehen.«

»Ja.«

»Sie hat da so einen Mann bei sich wohnen, ich hab ihn nur gehört, er hat eben einen Anfall gehabt. Ich geh' nicht wieder hin, sie will's nicht.«

»Hat sie das gesagt?«

»Ja. Bei meiner Schule ist eine Eisdiele, vielleicht treffen wir uns da manchmal. Ich weiß noch nicht.«

»Und – es macht dir nichts aus?«

»Nee. Können wir das Radio anmachen?«

Nach einer Weile begann sie, disharmonisch zu singen. Dann sagte sie: »Du kannst sagen, was du willst, ich finde, sie hat nicht alle Tassen im Schrank. Sing doch mit.«

Sie verließen das Getümmel am Strand, fuhren langsam der kühlen, grünen, ordentlichen Welt von Beverley Hills entgegen und sangen während der ganzen Fahrt.

13

Die Klapperschlange hatte ihre Gegenwart, oder vielmehr ihr Wissen um die Gegenwart der Menschen, durch ein schwaches, eintöniges Rasseln erkennen lassen. Der Mann und das Kind, winzige Gestalten in der hitzeflirrenden Landschaft, welche die Welt der Klapperschlange war und nicht die ihre, hielten inne und horchten. Er bedeutete Joanne Christina durch eine Handbewegung, hinter ihn zu treten. Sie gehorchte bereitwillig. Beide machten ein paar Schritte nach vorn. Die Schlange ließ wieder ihr warnendes Rasseln hören, aber diesmal kam der Laut anscheinend von einer anderen Stelle.

Die Wüstenhitze senkte sich auf sie wie ein Bleigewicht, und auch der Boden der Schlucht speicherte die Wärme. Ein Habicht hing regungslos über ihnen im fahlen Himmel, aus dem die Sonne jede Spur von Blau gebrannt hatte. Die Schlange ließ sie wieder erkennen, daß sie die Anwesenheit der Menschen bemerkt hatte und sehr zornig war.

Er kannte dieses Spiel aus seiner Jugend. Nachdem er die trostlose Bruchbude in Los Angeles verlassen hatte, die seine Familie beherbergte, hatte er sich einen Job in einer Tankstelle am Rande der Wüste gesucht. Mit einem Kumpel, einem halben Mexikaner, war er auf Klapperschlangenjagd gegangen. Eigentlich war es eine Jagd gegeneinander gewesen – es sollte eine Mutprobe sein, um festzustellen, wer zuerst die Hosen voll hatte. Wie es ausgegangen war, hatte er vergessen, aber es war nur ein paar Wochen gewesen, nachdem er von zu Hause weggelaufen war. Sein Vater hatte seine letzte Flasche zuviel getrunken und lag sterbend auf seinem Bett.

Er erinnerte sich, wie er das Zimmer betreten, die Hose seines Vaters an sich genommen und fünfundzwanzig Dollar aus der Hosentasche geholt hatte, während der Mann auf dem Bett ihn schweigend ansah. Dann war er gegangen und hatte sich einen Job gesucht.

Jetzt hatte er zweihundertfünfzigtausend Dollar auf der Bank und Aussicht auf noch viel mehr. Jetzt hatte er alles, was er sich einmal erträumt hatte, unter anderem auch einen Ferrari, und doch ließ die Vergangenheit ihn nicht los. Warum war sie in ihm jetzt lebendiger als in den letzten zehn Jahren? Er sah sogar den Gesichtsausdruck seines Vaters vor sich, als er von der Tür her noch einmal zu ihm zurück geblickt hatte. Warum jetzt?

Die Klapperschlange verhielt sich still, wartete gelassen in der glühenden Sonne auf ihren Augenblick.

»Sie ist weg«, flüsterte Chris. Hatte in ihrer Stimme eine ganz leise Erleichterung mitgeschwungen? Er schüttelte den Kopf. Jetzt warnte die Klapperschlange sie noch einmal, diesmal deutlicher.

Er sah das Kind an. Die schmale Gestalt war erwartungsvoll gespannt. Erregung und Angst spiegelten sich auf dem glatten Gesicht. Was war an diesem Kind, das ihn so tief berührte?

Die unglückliche Frau, die Joanne Christinas Mutter war, hatte schon recht mit dem, was sie ihm an jenem Nachmittag ins Gesicht geschleudert hatte. Geld war alles, und Geld war nichts. Abgesehen von den Annehmlichkeiten des Lebens – und dieses Kind wußte nichts davon, weil es nie darauf hatte verzichten müssen –, gab es wenig Unterschiede zwischen seiner und Christinas Kindheit. Beide hatten sie keine Eltern gehabt. Die Tatsache, daß sich Virginia rührend um die Enkelin gekümmert hatte, änderte nichts daran. Vater war Vater, Mutter war Mutter, und kein Kind konnte auf sie verzichten, wenn es kritisch wurde. Und kritisch wurde es, wenn die Kindheit vorbei war.

Was bedeutete ihr diese Schlange? Und was bedeutete sie ihm?

Wie er dort in der brennenden Sonne stand, in unmittelbarer Nähe des Reptils, jener Kreatur der Sonne, spürte er ein tiefes Gefühl der Zusammengehörigkeit mit dem Kind, das so gespannt war, so eifrig und so verletzlich hinter der Riesensonnenbrille, mit der es sich vor dem Leben verschanzte.

Sie sah zu ihm auf, biß sich auf die Unterlippe, den kostbaren Schlangenkäfig an sich gepreßt. »Du bleibst hier, verstanden?« flüsterte er. »Du rührst dich nicht vom Fleck, bis ich dich rufe.«

»Aber –«

»Kein Aber. Okay?«

»Okay.«

Während er langsam auf eine flache Schieferplatte zuging, wo er das Versteck der Klapperschlange vermutete, fragte er sich, was wohl Virginia Kenny für ein Gesicht machen würde, könnte sie Sohn und Enkelin jetzt sehen. Wahrscheinlich würden sich darin Verständnislosigkeit und Entsetzen spiegeln. Natürlich hatte sie damit recht, es war eine verdrehte Idee, und nur zwei gleichgestimmte, gleich verdrehte Menschen konnten auch nur eine Minute daran denken, sie in die Tat umzusetzen.

Plötzlich fiel ihm ein, wie er zum erstenmal seinen Vater geschlagen hatte. Wie alt war er da gewesen? Vierzehn, knapp fünfzehn. Ja, denn er war noch nicht sechzehn, als er von zu

Hause fortging. Eine besondere Heldentat war es eigentlich nicht gewesen, einem Betrunkenen, der nicht sehr viel größer war als er selber, einen Haken zu versetzen. Erstaunlich war nur, daß er es nicht vorher getan hatte. Er zielte auf den Bauch, da war die Trefferchance am größten. Sein Vater fiel in sich zusammen und plumpste mit höchst erstauntem Gesicht aufs Bett.

Er erinnerte sich, daß er sich auf eine schreckliche Rache gefaßt gemacht hatte; atemlos hatte er gewartet, fasziniert beobachtet von seiner Schwester Fran und seinem Bruder Joseph. Aber die Rache war ausgeblieben. Der Vater war ins Badezimmer getaumelt, begann aber schon auf dem Weg dorthin zu würgen. Das waren sie alle gewöhnt. Fran holte ungerührt einen Putzlappen, während ihr Vater, im Badezimmer eingeschlossen, zu heulen begann.

Die Klapperschlange rasselte vernehmlich. Er blieb stehen und musterte scharf den Boden unter der Schieferplatte. Aber bei Klapperschlangen mußte man auf Überraschungen gefaßt sein. Sie waren die reinsten Bauchredner. Er sah zurück zu Chris, die sich in tiefster Konzentration vorgebeugt hatte, den Mund leicht geöffnet, eine absurde kleine Gestalt in den hohen Stiefeln, das atemberaubende Panorama der Wüste hinter sich.

»Da!«

Die Tarnung war so vollkommen, daß es aussah, als bewege sich ein Stein, oder als fließe ein Rinnsal über den Fels. Es war ein Prachtexemplar.

Er hob den starken gegabelten Stock, den er sich geschnitten hatte. Die Klapperschlange hielt im Schatten inne. Dann glitt sie nach vorn, in die Sonne, und lag wieder still.

Er konnte es sich nicht leisten, das Tier jetzt aus den Augen zu lassen. Er war nur noch wenige Meter von ihm entfernt, und eine Klapperschlange bewegte sich mit blitzartiger Geschwindigkeit. Er gab Chris ein Zeichen, stillzustehen. Jetzt begann das große Warten. Wenn die Schlange sich nicht wieder bewegte, bedeutete das, daß sie die Gefahr vergessen hatte. Bewegung war Gefahr. Keine Bewegung aber bedeutete Felsen und friedliches Dösen in der Sonne, bedeutete eine leere Wüste.

Schweiß rann ihm über Nacken und Rücken, tropfte ihm von der Stirn in die Augen. Die flimmernde Luft machte ihn nervös. Sekundenlang hätte er schwören mögen, daß da gar keine Schlange war, erst nachdem er ein paarmal geblinzelt hatte, erkannte er sie wieder.

Die Zeit hielt den Atem an. Kein Laut war zu hören, nicht einmal der Heulton eines hoch über ihnen ziehenden Düsenflugzeugs. Sein Herz schlug so laut, daß es ihm in den Ohren dröhnte wie der Herzschlag der Wüste selbst. Was, zum Teufel, hatte er eigentlich hier zu suchen?

Aber er gab sich gleich selbst die Antwort. Er forderte das Schicksal heraus, und stellvertretend für das Schicksal die gefährliche Schlange. Er setzte Jeff Kenny und dessen Ermordung, er setzte Elend und Verfall von Kennys Frau, den Ferrari und die Viertelmillion auf der Bank, er setzte die Zuneigung jenes ernsten Kindes, die Liebe zu Rose und Nummer 234 mit all seinem Luxus gegen die Möglichkeit, daß diese Schlange auf ihn zufuhr wie ein sandfarbener Blitz und ihn oberhalb des schützenden Stiefels erwischte.

Das war verrückt, es war absolut hirnrissig, aber er wußte in diesem Augenblick, daß dies für ihn der Zweck der Expedition war. Er stellte der Schlange eine Frage.

Er machte zwei Schritte nach vorn, einen im Sand, einen auf einem flachen Stein. Kein Laut. Die Schlange hatte sich nicht gerührt, nicht einmal der Schwanz hatte sich warnend erhoben.

Noch einen Schritt arbeitete er sich vor, auf festem Fels. Jetzt waren es nur noch drei Meter. Er war bereits in die Gefahrenzone vorgedrungen. Durch den Schweiß hindurch, der ihm über die Augen lief, sah er, daß die Schlange sich nicht gerührt hatte. Sie döste. Drei Schritte noch, dann konnte er zuschlagen. Ihr Hals lag auf lockerem Kies, in den der gegabelte Stock sich gut eingraben konnte. Er rechnete. Schritt eins – bis zu dieser Sandgrube. Schritt zwei – bis zu jener schrägen Steinplatte. Schritt drei – in den Schoß der Vorsehung.

Drei Schritte. Er spannte sich und sprang. Auf dem Sand setzte er lautlos auf, aber auf der schrägen Steinplatte lagen lose Kiesel, die sein Fuß verstreute. Beim dritten Schritt begann sich die Schlange zu bewegen. Sie hob den Kopf und wandte sich ihm zu. Der mächtige Körper rollte sich zusammen. Mit aller Kraft ließ der Mann seinen gegabelten Stock hinabsausen. Sekundenbruchteile später merkte er, daß er den Hals des Reptils verfehlt hatte. Er hörte den Aufschrei von Chris, als die Schlange auf ihn zuschoß. Gerade noch rechtzeitig riß er sein Bein hoch. Er spürte den Stoß des Schlangenleibs, spürte, wie das Tier die Giftzähne in das dicke Leder grub, nur Zentimeter vom Stiefelrand entfernt.

Einen solchen Widerstand hatte die Schlange offenbar nicht erwartet. Sie zuckte in dem Bemühen, ihre Giftzähne freizubekommen, und diesen Augenblick nutzte der Mann aus, um den sich windenden Schwanz mit beiden Händen zu packen. Er riß den Schlangenleib mit aller Kraft nach oben und schmetterte ihn auf die Schieferplatte.

Ob er das Tier damit getötet hatte, war nicht gesagt. Er gedachte nicht, die Probe aufs Exempel zu machen, sondern taumelte ein paar Schritte vor und zermalmte den Kopf der Schlange mit dem Stiefel.

Jetzt war Chris bei ihm. Noch immer umklammerte sie krampfhaft ihren Schlangenkäfig. »Sie hat dich erwischt! Alles in Ordnung?«

»Ja, alles in Ordnung.« Aber er setzte sich doch gleich neben dem zerschmetterten Kopf seiner Widersacherin in den Sand und zog schnell Stiefel und Socke aus. Schon mehr Menschen waren gestorben, weil das Gift in irgendeine kleine, unbeachtete Schramme eingedrungen war, und viele Menschen, die sich gegenseitig das Gift aus der Wunde gesaugt hatten, waren ums Leben gekommen, weil sie nicht gewußt hatten, daß sie eine wunde Stelle im Mund hatten.

Der Mann und das Kind untersuchten das Bein sorgfältig. Einer der Giftzähne hatte den Stiefelschaft durchbohrt, das Gift sickerte an der Innenseite des Stiefels herab. Chris schnappte hörbar nach Luft und sah auf. Ihre Blicke trafen sich.

»Uff!«

»Das kann man wohl sagen!« Er sah erst jetzt, daß sie ihre Brille nicht trug. In diesem unwahrscheinlich klaren Wüstenlicht wirkte das Blau ihrer Augen einzigartig. Plötzlich wurde sie sehr blaß und wandte den Blick ab.

»Es ist ja alles in Ordnung, Äffchen, es ist alles vorbei.«

»Ja, aber . . . Zwei, nein, einen Zentimeter . . .«

»Nein. Da war noch die Socke. Eine dicke Socke.«

Trotzdem, das war gerade noch einmal gutgegangen.

Nach eifrigem Kartenstudium und einigem Suchen hatten sie eine leidlich gute Straße gefunden, die – ein schmutziggraues Band – schnurgerade sechs Meilen lang durch die Wüste führte. Er ließ den Ferrari losbrausen.

Bei dem Spurt war ihnen beiden der Magen wie im Fahrstuhl nach unten gesackt. Erst jetzt, als sie in der sinkenden Sonne vor einer gebrechlichen Imbißbude saßen, kamen sie wieder einigermaßen zu sich. Sie waren beide schweigsam und hingen ihren eigenen Gedanken nach. Die tote Klapperschlange lag in ihrem Käfig im Schatten. Chris legte Wert darauf, daß sie noch vorzeigbar war, wenn sie nach Hause kamen, und überlegte ernstlich, ob sie die Trophäe nicht ein paar Tage im Kühlschrank des unbenutzten Gästeflügels aufheben konnte, ohne daß Tony ihr auf die Schliche kam.

Sie betrachtete den Mann, der stumm neben ihr sein Bier trank, mit einer für sie ganz unerklärlichen Scheu. Er war der einzige Erwachsene, den sie kannte, der nicht ständig quasselte.

»Möchtest du noch eine Cola?«

Sie schüttelte den Kopf. Die Sonnenbrille hatten sie mitgebracht, aber ein Glas war kaputt, sie mußte daraufgetreten sein, als sie auf ihn zugelaufen war, um sich zu überzeugen, daß ihm auch nichts passiert war. War ihm wirklich nichts passiert? Sie hatte so schreckliche Sachen über das Gift der Klapperschlange gehört ...

»Alles in Ordnung?« fragte sie leise.

»Bestens.« Er sah sie an, wie immer ziemlich aus der Fassung gebracht durch diese tiefblauen Augen. »Ereignisreicher Tag, was?«

Sie musterte ihn einen Augenblick schweigend, dann brach es aus ihr heraus: »Es war der tollste Tag in meinem ganzen Leben.«

»Prima.«

»Aber –«

»Ja, was ist?«

Sie wandte den Blick ab, starrte in die beiden hohen, raschelnden Eukalyptusbäume, die sich neben der Bude aufgebaut hatten wie Wächter. »Ich – ich hab mich ganz schön dämlich benommen, nicht? Diese ganze Klapperschlangengeschichte ... Es – es war dämlich, daß ich dich überhaupt darum gebeten habe.«

»Na und? Ich hätte es dir ja abschlagen können.«

Wieder strahlten ihn die blauen Augen an. Er grinste. »Und damit bin ich es eigentlich, der sich dämlich benommen hat.«

»Warum hast du es gemacht?«

Herrgott, Fragen konnte dieses Kind stellen! Und das Schlimme war, Chris ließ sich, das hatte er schon entdeckt, nicht mit Klischees abwimmeln. Ja, warum?

»Ich glaube«, antwortete er schließlich, »ich glaube, eine Menge Leute lassen es auf ein Risiko ankommen, nur um zu sehen, ob sie noch am Leben sind. Manchmal, wenn man älter wird, hat man das Gefühl, man stirbt langsam ab, und da muß man dann eben was tun, um sich das Gegenteil zu beweisen. Eigentlich verrückt.«

»Finde ich gar nicht.«

Während sie beide schwiegen, wurde ihm klar, daß sie eben den Grund für sein Verhalten aus ihm herausgefragt hatte, seit der Gedanke, den Platz ihres Vaters einzunehmen, in ihm aufgetaucht war. Armut, Angst und Ungewißheit seiner Jugend hatten ihn in eine Welt entlassen, der er ungerüstet gegenüberstand. Ja, er hatte nicht einmal gewußt, daß er einen Verstand, daß er Intelligenz besaß, bis der Entschluß, in eine andere Haut zu schlüpfen, ihm seine Gaben gezeigt hatte. Er war, ohne seines Lebens richtig bewußt zu werden, von einem Handlangerjob zum anderen getrottet. Er hatte gearbeitet, gegessen, geschlafen, gebumst, ohne in diesen elementaren Lebensäußerungen sich selbst als Persönlichkeit zu empfinden. Dann hatte ihn der Kommiß vereinnahmt. Er war marschiert, hatte geschossen, gegessen, geschlafen, gebumst wie zuvor – aber er hatte nie gelebt. Erst in dem Augenblick, in dem er ein anderer Mensch wurde, sich in Jeff Kenny verwandelte, den Vater des Kindes, das jetzt neben ihm saß, hatte er eine eigene Identität erlangt, hatte er wirklich angefangen zu leben.

Dan Harraps Beitrag über Jeff Kenny (Leo konnte, als er ihn las, sich nicht einmal mehr an jenes Bargespräch erinnern, dem der Klatschkolumnist seine Weisheit verdankte) war von einer umfangreichen romantischen Geschichte zu ein paar kümmerlichen Absätzen geschrumpft. Nach einer langen Spalte aktueller Tratschereien hieß es:

»Wer bin ich?
Gern geben wir zur Abwechslung mal wieder auch eine erfreuliche Nachricht an unsere Leser weiter. Große Überraschung gab es bei *Scotty's,* als Virginia Kenny meinte, in einem Gast ihren gutaussehenden Sohn Jeff wiederzuerkennen, an den sich viele noch erinnern werden. Jeff war in Südostasien vermißt.
Der junge Mann erwies sich tatsächlich als Kenny Junior, der bei dem Abschuß seines Flugzeugs verwundet worden und bis Kriegsende in Gefangenschaft gewesen war. Er hatte sein Gedächtnis verloren und alle Hoffnung aufgegeben, je zu erfahren, wer er wirklich war.
So ist doch wieder das Glück bei den Kennys eingezogen, und gemeinsam mit unseren Lesern wünschen wir der wiedervereinten Familie viel Glück für die Zukunft.
Übrigens hätte dieses Happy-End gut zu einem der alten Filme von Cass Kenny gepaßt. Schade, daß er es nicht mehr erleben konnte.«

Es war nicht viel, aber es reichte. Die *Los Angeles Sunday Times* lag wahrscheinlich falsch mit der Annahme, daß viele

Leser sich noch an Jeff Kenny erinnerten, aber bei gewissen Leuten traf diese Vermutung natürlich doch zu.

Einer dieser Leser war ein dünner, farbloser Mann Mitte Dreißig, auf den die vier Absätze in der *Times* eine ganz absonderliche Wirkung hatten. Er stand abrupt vom Frühstück auf, das er an den Sonntagen immer im Wohnzimmer zu sich nahm, die Tür zum kleinen Balkon weit geöffnet. Einen Augenblick blieb er unbeweglich stehen und starrte mit seinen durchdringenden Augen auf das Zeitungsblatt. Sein Gesicht war wie im Schmerz verzogen. Er hatte unleugbare Ähnlichkeit mit einem Mann, der in Strümpfen auf einen Reißnagel getreten ist.

Dann ließ er sein nur halb beendetes Frühstück stehen, ging quer durch das pedantisch ordentliche, sonderbar charakterlose Zimmer, ließ bei jedem Schritt ein Stück Zeitung fallen und sackte aufs Sofa. Jetzt hielt er nur noch die Seite mit Dan Harraps Spalte in der Hand, die ihn so erschüttert hatte. Schließlich, nachdem er die vier Absätze noch einmal gelesen hatte, ließ er auch dieses Blatt fallen. Unvermittelt hob er beide Hände vors Gesicht und beugte sich vornüber, so daß Gesicht und Hände fast auf seinen knochigen Knien ruhten. Man meinte, einen gramgebeugten Menschen vor sich zu sehen. Der farblose Mann gab sich aber eher völlig entgegengesetzten Empfindungen hin.

14

Am Sonntag mittag begann ein Strom von Anrufen. Um elf waren sie schon zu einer Plage geworden, und Virginia setzte Tony als Telefonvermittlung ein. Sie hatte gar nicht gewußt, wie viele Freunde und Bekannte sie in und um Los Angeles besaß. (Interessanterweise waren nur fünf oder sechs Anrufe für ihren Sohn.)

Wenn der Anrufer über Tony hinaus zu ihr durchdringen konnte und er irgendwann einmal Jeff gekannt hatte, reichte sie diesem mit einer kleinen Grimasse den Hörer, und er sprach ein paar höfliche, unverbindliche Worte hinein. Den Bekannten am anderen Ende der Leitung war es letztlich gleichgültig, ob Jeff sich an sie erinnerte oder nicht. Der Höflichkeit war Genüge getan.

Von den Anrufen, die ihm selbst galten, ließ Tony vier gar nicht erst an ihn heran. Zwei Anruferinnen, die ihr Ziel erreichten, fanden es nach einer Weile sehr peinlich, daß ein Mann sich nicht mehr an sie erinnerte, den sie beide anscheinend vor vielen Jahren intim gekannt hatten.

Er überlegte, ob Holly wohl die Klatschspalte gelesen und was sie wohl dabei für ein Gesicht gemacht hatte. Er mußte oft an sie denken. Sie war ihm näher als all die gelackten, oberflächlichen Wesen aus Virginias Jet-Set-Kreis. Sie hatten viel Gemeinsames. Beide hatten Verzweiflung, Armut, Vernachlässigung kennengelernt. Er hatte veranlaßt, daß ihr regelmäßig Geld überwiesen wurde, ahnte allerdings, daß sie von ihm nichts annehmen würde.

Wenn er ehrlich war, mußte er feststellen, daß die vier Absätze in der Zeitung ihn wenig berührten. Es war eine Komplikation, auf die er gern verzichtet hätte, obgleich er sich stets auf Schlimmeres gefaßt gemacht hatte. Er hatte noch Glück gehabt, ebensogut hätte er in den Schlagzeilen landen können.

In Gedanken hatte er die schlimmste Möglichkeit schon durchgespielt: a) Jemand hatte den Bombenangriff auf das Gefangenenlager überlebt. b) Dieser Jemand hatte Jeff Kenny gekannt. c) Dieser Jemand hatte gewußt, daß Jeff Kenny tot war (unwahrscheinlich, da man den Tod von Gefangenen gern verschwieg, um die Stimmung im Lager nicht zu beeinträchtigen). d) Dieser Jemand hatte auch die weiteren Jahre in Kriegsgefangenschaft überlebt. e) Zufällig wohnte dieser Jemand in Los Angeles, f) hatte zufällig die wenigen Sätze, auf einer der Innenseiten der Zeitung versteckt, gefunden, g) war zufällig ein Mensch, der es verstand, aus seinem Wissen Kapital zu schlagen.

Soweit er damals und auch später hatte feststellen können, war keiner der fünfzig Männer aus der ersten Phase seiner Gefangenschaft in dem größeren Lager vor Hanoi wieder aufgetaucht. Es war durchaus denkbar, daß keiner von ihnen die Heldentat ihrer Landsleute in den B-52-Bombern überlebt hatte. Daß die Kameraden in seiner Baracke ums Leben gekommen waren, war so gut wie sicher, denn sie hatte einen Volltreffer bekommen. Ja, alles in allem wäre es schon ein ganz dummer Zufall gewesen, wenn sich jemand fand, der dieses Puzzle erfolgreich zusammensetzen konnte. Am Sonntag nachmittag konnte er die vier Absätze schon lesen, ohne daß sein Herz schneller schlug.

Die Lehmans riefen aus Palm Springs an und wollten unbedingt ein paar Worte mit dem lieben Jungen reden. Der liebe Junge hatte nichts dagegen, sich endlich einmal mit Gesprächspartnern zu unterhalten, bei denen er nicht schwache Erinnerungen heucheln mußte. Scotty meldete sich aus seinem Restaurant. Die Hintergrundgeräusche ließen vermuten, daß der

Sonntagsbrunch in vollem Gange war. Scotty erkundigte sich diplomatisch bei Mrs. Kenny, ob die Publicity ihr nicht lästig sei, und fühlte behutsam vor, ob Gefahr bestand, eine so gute Kundin zu verlieren. Virginia konnte der Trubel nicht aus der Fassung bringen. Im Vergleich mit den Publicitystürmen, die sie gelegentlich hatte durchstehen müssen, als Cass noch lebte, war dies nur eine leichte Brise.

Zuversichtlich sah und hörte er sich das Getümmel an, innerlich stark und sicher. Warum sollte diese Frau nicht wirklich seine Mutter sein, warum dieses Haus nicht wirklich sein Heim? Mit Chris hatte er an jenem verdrehten Wüstentag, dem Tag der Klapperschlange, einen stummen Pakt geschlossen, der zu einer tiefen Freundschaft ohne viele Worte geführt hatte. Sie stand gern dicht neben ihm, lehnte sich an ihn, und er legte gern den Arm um sie, spürte den zarten Knochenbau des Kinderkörpers. Daß das Liebe war, eine stumme, scheue Liebe, wußten sie wohl beide nicht, aber Liebe war ja auch zuweilen ein Band, das erst in der Stunde der Bewährung seine Reißfestigkeit erweist.

Virginia war mit ihm nach Beverley Hills zum Einkaufen gefahren. Es machte ihr offenbar Spaß, seine Garderobe ebenso reichhaltig zu gestalten wie die ihre. Über einem Ballen herrlich weicher, schottischer Wollstoffe waren sich ihre Blicke begegnet, und er wußte – so gut kannte er sie nun schon –, daß er jetzt einen Vorstoß wagen durfte. Während der Schneider kurz verschwand, auf der Suche nach noch exklusiverem Material, sagte er: »Gestern abend habe ich mich an ein paar große Dummheiten erinnert, die ich gemacht habe, als ich hier an der Uni war.«

Wußte sie eigentlich, wie sein Leben mit Holly ausgesehen hatte? Sie war damals im Ausland gewesen. Ihr Gesicht verriet nichts. Sie antwortete nur: »Das tut mir sogar ein bißchen leid. Über diese Dinge sollte man tatsächlich den Schleier des Vergessens breiten.«

»Ich muß damals – anders gewesen sein.«

»Ja, das warst du«, erklärte sie zu seiner Erleichterung mit großer Bestimmtheit. Während er einen Tweed genießerisch zwischen zwei Finger nahm, sah er in ihren Augen einen seltsamen Ausdruck, beunruhigt und beunruhigend. Das hätte ihn warnen sollen. Zu spät begriff er, daß er oft gewarnt worden war, aber daß er alle Warnungen ignoriert oder mißdeutet hatte.

Virginia dachte an jenen ersten Abend, an dem sie Gott dafür gedankt hatte, daß Jeff zurückgekehrt war, daß sie noch einmal eine Chance bekommen hatte. Die Fehler und Unterlassungssünden, die sie an ihm in seiner Jugend begangen hatte, waren damit ausgelöscht, sie würde ihm all die Liebe, all die Zuwendung schenken, die sie ihm damals versagt hatte, weil in jenen Tagen Cass der Mittelpunkt ihres Lebens gewesen war.

Aber konnte man das Rad tatsächlich zurückdrehen? Manchmal zweifelte sie daran. Die Vergangenheit war und blieb vergangen. Was damals geschehen war, ließ sich nicht ungeschehen machen, war unwiderruflich. Oder?

Wenn er als der Jeff jener fernen Tage zurückgekehrt wäre, hätte sich überhaupt nichts machen lassen. Der alte Jeff war ein fertiger Mensch mit all seinen Fehlern gewesen. Nur seine Wandlung gab ihr Hoffnung. Der Krieg und die Verletzungen des Körpers und der Seele hatten ihn anscheinend völlig umgekrempelt. Er hatte sein Gedächtnis und damit in gewisser Weise auch sich selbst verloren. Ein Mensch war die Summe seiner tausend Gedanken und Taten. Daraus folgte doch, daß man, wenn man all dies abgelegt hatte, wieder bei Null beginnen konnte. Gerade die Tatsache, daß er bei seiner Rückkehr ein neues Blatt hatte anfangen können, hatte sie glücklich gemacht. Aber wenn jetzt all die schlimmen Dinge wieder aus der Versenkung auftauchten . . .

Sie hatte Angst, warum sollte sie es sich nicht eingestehen? Angst, daß er automatisch in sein früheres Leben zurückfallen würde. Einen Augenblick erfaßte sie nackte Panik. Nur langsam beruhigte sie sich wieder. Er war wieder da, und er war gewandelt. Gleichgültig, welche Gespenster aus fernen Tagen wieder auftauchen mochten, der neue, starke Jeff würde sie besiegen. Wenn sie ihn beobachtete, wie er nachdenklich allein auf ihrer Terrasse stand oder mit Chris lachte oder höflich mit ihren alten Freunden plauderte, die ihn wahrscheinlich entsetzlich langweilten, regte sich wieder die Hoffnung in ihr. Der Sohn, den das Schicksal ihr wiedergeschenkt hatte, war zu einem Mann geworden, wie sie ihn sich immer als Sohn gewünscht hatte.

Nirgends kam das stärker zum Ausdruck als in seinem Verhältnis zu Chris. Er hatte Wunder an dem Kind bewirkt. Selbst das schreckliche Abenteuer mit der Klapperschlange hatte zu einem positiven Ergebnis geführt. Die gräßliche Sonnenbrille, bei der Begegnung zu Bruch gegangen, hatte ausgedient. Sie hatte ein neues, bildschönes kleines Mädchen im Haus, ein Mädchen mit erstaunlichen Augen, die Virginia geradezu verfolgten.

Murray wollte wieder zurück nach Europa. Er hatte natürlich seinen Vorschlag, sie mitzunehmen, nicht wiederholt, aber sie wußte, daß er ständig daran dachte. Befreit von dem Druck seines Drängens, konnte Virginia jetzt in aller Ruhe überlegen, ob sie nicht doch die Reise wagen sollte. Jeff würde es wahrscheinlich Spaß machen. Die Wiederbegegnung mit Orten, die er als Kind gekannt und geliebt hatte, konnte seiner völligen Wiederherstellung sogar förderlich sein, und er würde Los Angeles mit seinem Arsenal unerfreulicher Erinnerungen hinter sich lassen. Sie begann sich mit dem Gedanken zu befreunden. Chris war in einem Alter, in dem ohnehin an einen Schulwechsel gedacht werden mußte.

Da war natürlich noch Rose. Virginia hatte keine Ahnung, wie ihr Sohn zu ihr stand. Aus ihrer reichen Menschenkenntnis heraus spürte sie, daß das Gefühl des Mädchens für ihn tiefer war als umgekehrt. Eine Heirat kam wohl kaum in Frage, sie hatte ihre Karriere, er seine Erinnerungen an Holly. Aber ganz von der Hand zu weisen war die Möglichkeit nicht. Am letzten Sonntag, bei jenem erfolgreichen Brunch, hatte Virginia plötzlich wieder die Angst vor dem alten Jeff gepackt, wie immer, wenn ihr wiedergeborener Sohn besonders lieb und charmant war. In ihrer Panik hatte sie sich trostsuchend dem Mädchen zugewandt. »Haben Sie – hat er manchmal Depressionen, wenn Sie mit ihm allein sind? Depressionen ohne ersichtlichen Grund?«

Rose war überrascht gewesen, nicht so sehr von der Frage wie von der Angst, die sie dahinter spürte. »Nein. Warum auch?«

Ja, warum auch? Eine sachliche, logische Frage. Plagten sie vielleicht wirklich nur die eingebildeten Ängste einer alten Frau? »Er – früher einmal hatte er gewisse Schwierigkeiten. Seine Frau . . .«

»Ich glaube nicht, daß er sich über sie Gedanken macht. Wenn man bedenkt, was er durchgemacht hat, ist er fabelhaft beherrscht, finde ich.«

Einige von Virginias näheren Bekannten beschlossen, selbst vorbeizukommen, wobei viele sicher die Neugier trieb, sich den verlorenen Sohn mit eigenen Augen anzusehen. Nicht einmal das beunruhigte ihn sonderlich. Selbstsicher und charmant bewegte er sich zwischen den Gästen, und wenn er gelegentlich merkte, daß sie überraschte, ja, vielleicht sogar schockierte Blicke wechselten, lächelte er nur noch ein bißchen liebenswürdiger. Sie waren gekommen, um den Mann zu sehen, den Holly ihm gezeigt hatte (obgleich wenige diesen jungen Mann persönlich gekannt, sondern nur von seinen Eskapaden gehört hatten). Statt dessen fanden sie diesen gutaussehenden, ernsthaften, höflichen Jungen. Die beredten Blicke amüsierten ihn sehr.

Daß in dieser Verblüffung über seine unerwartete Wandlung eine Warnung lag, begriff er nicht. An diesem idealen Nachmittag schwamm er in Seligkeit. War er wirklich ein gemeiner Hund gewesen, der liebe Jeff? Ihn sollte das nicht stören.

Sehr bald hatten Virginias Bekannte sie überredet, andere Bekannte anzurufen, und um sechs waren auf der Terrasse und in dem großen Wohnraum an die siebzig Leute versammelt. Tony, der aus der Nachbarschaft Hilfstruppen herbeigeholt hatte, vollbrachte die kulinarischen Wunder, für die er berühmt war.

Rose, kühl und wunderschön in einem neuen weißen Kleid, erschien um halb sieben. »Er macht mir ein wundervolles Geschenk«, sagte sie zu Virginia. »Wußten Sie das schon?«

Er schenkte ihr einen Wagen. Los Angeles ohne Wagen war ein Ding der Unmöglichkeit. Eine Woche lang hatte er versucht, sie zu überreden, einen Wagen zu erstehen, der zu ihrer Persönlichkeit paßte, aber Rose hatte sich nicht erweichen lassen und auf einem Käfer bestanden. Schließlich hatte er sich damit begnügt, einen Scheck auszuschreiben, der den Preis des Volkswagens beträchtlich überstieg. Das würde Rose erst merken, wenn es ans Zahlen ging. Am Montagmorgen wollte sie den Wagen abholen.

Die Party war, wie das improvisierte Ereignisse so an sich haben, ein voller Erfolg. Er kam sich vor wie auf einem Berggipfel an einem klaren Tag. Bis an den Horizont erstreckte sich eine – seine! – leuchtende Zukunft. Aber als Rose mit ihm die lärmende Menge auf der Terrasse verließ und die breiten Stufen zum japanischen Garten hinunterging, merkte sie, daß ein Schatten über seine strahlende Stimmung gefallen war.

»Was ist?«

Er sah sie in der tiefer werdenden Dunkelheit nachdenklich an. Wie gern hätte er ihr gesagt, was ihn bedrückte, aber natürlich war das unmöglich. Es war sonderbar und beunruhigend, daß sich in jede glückliche Stunde seines neuen Lebens, das er gestohlen hatte, eine Erinnerung an das alte Leben schlich, das abzuschütteln er keine Mühe gescheut hatte. Dort oben auf der Terrasse, zwischen den Lichtern und den lachenden Menschen, hatte er plötzlich mit erschreckender Deutlichkeit seine Schwester Fran und seinen kleinen Bruder Joseph vor sich gesehen. Er sah sich und seine Geschwister in dem staubigen, verlotterten Hof hinter der Bruchbude, die sie Heim nannten, einen ernsthaften Kriegsrat halten. Er selbst mußte inzwischen sechzehn geworden sein, Fran war ein Jahr jünger, ein blasses, unscheinbares Mädchen mit übergroßen Augen, und Joseph war zwölf. Es ging um die Frage, ob er von zu Hause weglaufen sollte. Die Erinnerung, fast vergessen, hatte ihm einen Stich versetzt. Joseph hatte einen seiner abgelegten Pullover getragen, viel zu groß für den mageren kleinen Kerl. Joseph hatte nie neue Sachen besessen, immer nur abgetragene.

»Was hast du denn?«

»Schade, daß Chris nicht dabei ist.«

»Will sie nicht?«

Er schüttelte den Kopf.

»Vielleicht, wenn ich zu ihr gehe, mit ihr rede ...«

»Nein, sie kann Parties nicht ausstehen.«

Er hatte Rose von seiner Begegnung mit Holly erzählt und auch angedeutet, wie jener Jeff Kenny gewesen sein mußte, den er aus Hollys Worten erkannt hatte. Es sollte ein Test sein, er hatte von ihr hören wollen, wie sehr sich Jeff Kenny inzwischen geändert hatte. Und genau das hatte seine Rose ihm gesagt.

»Du und das Kind und Holly – seltsam, nur ihr drei kommt mir irgendwie wirklich vor.« Er schüttelte sich, versuchte, seine düsteren Gedanken loszuwerden. »Wann holst du deinen Rolls-Royce ab?«

»Einen Rolls möchte ich nicht mal geschenkt! Hellgelb ist mein Käfer, fast cremefarben, mit braunen Sitzen.«

Er lachte. Vielleicht fünf Minuten, nachdem sie wieder zu den übrigen Gästen gestoßen waren, geschah etwas ganz und gar Unerhörtes. Es begann mit einer plötzlichen Stille aus der Richtung des Hauses, gefolgt von aufgeregtem Geschnatter. Er drehte den Kopf, um zu sehen, was vorging, Rose wandte sich um, Virginia, die hinter ihnen stand, ebenfalls. Zunächst konnten sie nichts Ungewöhnliches erkennen, aber dann gaben die Menschen am Rand des Swimming-pools den Blick frei, und sie sahen Murray, der mit ausgestreckten Händen und strahlendem Lächeln vortrat, um den neuen Gast zu begrüßen. Es war Joanne Christina. Sie hatte das strähnige Haar mit einem braunen Band im Nacken zusammengebunden, und sie trug – er hörte, wie Virginia hörbar nach Luft schnappte – sie trug den goldbestickten, mokkafarbenen Kaftan, den Murray ihr aus Marokko mitgebracht hatte. Chris nahm Murrays Hand und kam auf die Gruppe zu, scheu, noch ein wenig linkisch, aber bildschön.

Der farblose Mann, der sich Clifford nannte, arbeitete für ein Maklerbüro in San Fernando Valley. Für seine Arbeitgeber galt er als verläßlich und verantwortungsbewußt. Andere kamen und gingen, Clifford blieb. Wenn ihnen je der Gedanke gekommen war, daß so ein Musterexemplar an Verantwortungsbewußtsein und Arbeitseifer möglicherweise etwas zu verbergen hatte, war es ihnen gelungen, diese Idee schnell wieder zu verdrängen. Sie wußten, was sie an Clifford hatten.

Als der farblose Mann an diesem Montag morgen bescheiden das Büro seines Chefs betrat und verkündete, daß er Kunden vier Häuser zu zeigen und eine Privatangelegenheit zu erledigen hätte, nahm sein Chef ohne Grollen zur Kenntnis, daß er ihn für den Rest des Tages nicht mehr zu Gesicht bekommen würde, und sah auch darüber hinweg, daß Clifford zwar nur vier Häuser zu zeigen hatte, aber fünf Schlüssel vom Brett nahm.

Er fuhr einen kleinen Toyota, einen unauffälligen, dunkelgrauen Wagen. Vom Büro aus fuhr er zunächst in seine Bank in der Stadt und ließ sich nach den entsprechenden Zeremonien eine kleine schwarze Kassette aushändigen, die dort schon eine Reihe von Jahren lagerte. Diese schloß er in den Kofferraum seines Wagens ein. Dann fuhr er zu einem etwas heruntergekommen aussehenden, aber florierenden Fotogeschäft auf der Seventh Street, wo er verschiedene Geräte mietete, die er ebenfalls in seinen Kofferraum einschloß.

Er nahm ein leichtes, kalorienarmes Essen zu sich und verbrachte die Zeit bis kurz vor zwei in tiefen Gedanken. Dann fuhr er ohne Eile zur Ecke Highland und Melrose, wo ein kräftiger junger Mann Ende Zwanzig mit eingeschlagener Nase auf ihn wartete, der auf den Namen Bart hörte, aber nur antwortete, wenn man brüllte, denn er war schwerhörig.

Wenn man einem Schwerhörigen Anweisungen geben will, ist man gut beraten, sich in der mittäglichen Stoßzeit in Los Angeles in einen Wagen zu setzen und sich in den nicht enden wollenden Strom der Fahrzeuge, die zu dieser Stunde die Stadt bevölkern, einzureihen. Der Mann, der sich Clifford nannte, schaltete das Radio ein und brüllte Bart lange und laut an. Er unterbrach seine Instruktionen nur an Verkehrsampeln, wenn andere Wagen neben dem Toyota hielten. Als er fertig war, fuhren sie den Laurel Canyon hinauf, dann links, dann rechts, dann links und wieder links, bis sie tief in dem Labyrinth der kleinen Gassen steckten, die sich oberhalb des Sunset Boulevard die Hügel hinaufschlängeln.

Nach einer abrupten Linkswendung bogen sie eine gefährlich steile Auffahrt ein und hielten. Die beiden Männer nahmen alle Sachen aus dem Kofferraum und trugen sie eine steile Treppe hinauf. Nebenbei nahm Clifford sich vor, das Haus ein bißchen in Ordnung bringen zu lassen, ehe er es dem nächsten Käufer vorführte. So wie es jetzt aussah, waren die Chancen, es loszuschlagen, gleich Null. Es war zu groß und zu abgelegen. Ein einst erfolgreicher Filmproduzent hatte es sich gebaut. Er hatte nur ein, zwei Wochen darin wohnen können, dann war sein Arbeitgeber, die Twentieth Century Fox, pleitegegangen, und er mußte Klinken putzen gehen. Von dem Patio aus hatte man eine weite Sicht nach Süden und Westen. Im Augenblick sah man allerdings nur die gelbe Dunstglocke über der Stadt.

Innen war das Haus leer und traurig. Der Boden in der Halle senkte sich an einer Seite leicht, was vielleicht einem schwachen Erdbeben zuzuschreiben, vielleicht auch das bescheidenere, aber unermüdliche Werk von Wühlmäusen war.

Der Mann, der sich Clifford nannte, betätigte einen elektrischen Schalter und stellte erfreut fest, daß die Elektrizitätsgesellschaft prompt auf seinen Anruf reagiert hatte. Es gab wieder Strom. Er stellte die Kassette auf den Boden und schloß sie auf. Was er sah, erschütterte ihn derart, daß er Bart in den Patio hinausschickte. Er pflegte seine Gefühle nicht vor Zeugen zu zeigen.

Rose war hingerissen von ihrem Käfer. Primelgelb war eine ihrer Lieblingsfarben. Sie hatte sich inzwischen auch von dem freudigen Schock des viel zu hohen Schecks erholt.

Für sie stand fest, daß sie sich ans Steuer setzen und mit dem Käfer sofort in den Upper Canyon Circle fahren würde, um Jeff sein Geschenk in ganzer Vollkommenheit vorzuführen. Als die Ampel am Sunset, kurz vor dem *Beverley Hills Hotel,* auf Rot schaltete, bremste Rose. Im selben Augenblick sah sie auf der anderen Seite Jeff vorbeifahren. Er fuhr in südlicher Richtung, zum Santa Monica Boulevard. Erstaunlicherweise spielte er nicht den großen Mann im schnittigen Ferrari, sondern saß in dem Mini-Cooper, in dem Virginia und Tony ihre Einkaufsfahrten erledigten.

Durch so einen dummen Zufall gedachte sich Rose nicht von ihrer Absicht abbringen zu lassen. Als die Ampel umsprang, kreuzte sie, begleitet von einem wütenden Hupkonzert, höchst unvorschriftsmäßig auf die linke Fahrbahn und nahm die Verfolgung auf. Aber eine Autojagd in Los Angeles zur Hauptverkehrszeit ist nicht so einfach, wie Film und Fernsehen es uns weismachen wollen, besonders wenn das Jagdopfer ein so wendiges und überraschend schnelles kleines Vehikel ist wie der Mini-Cooper.

Nach wenigen Meilen hatte Roses Jagdeifer merklich nachgelassen. Sie begriff, daß es am vernünftigsten war, umzudrehen, nach Hause zu fahren und die Zeit, bis Jeff wiederkam, sinnvoll auszufüllen, zum Beispiel durch einen Einkaufsbummel, oder indem sie das Kleid bügelte, das sie an diesem Abend tragen wollte, wenn er sie zum Essen ausführte.

Warum folgte sie nicht der Stimme der Vernunft? Vielleicht weil plötzlich ihre Neugier erwacht war? Es ist etwas anderes, ob man hinter einem Mann herfährt, weil man ihm einen Kuß geben und Dankeschön sagen will, oder ob man ihn verfolgt, weil man wissen will, wo er landet.

Warum fuhr er überhaupt diesen komischen kleinen Wagen? Warum nicht den Ferrari, auf den er so stolz war? Warum saß er so verkrampft, so konzentriert am Steuer? Und wohin wollte er, um Himmels willen? Durch das Gewirr der Innenstadt, das sie kaum kannte, führte der Weg in eine trostlose, verkommene Gegend, in der sie noch nie gewesen war.

Und weiter ging die Fahrt, von der Hauptstraße bogen sie in eine elende Siedlung ein, in der die Häuser staubig, ungepflegt und wie tot aussahen.

Der Mini-Cooper wurde langsamer. Das Unbehagen, das sich in ihr regte, versuchte sie mit der Erklärung zu verscheuchen, daß diese trostlose Gegend ihm vielleicht in jener Zeit etwas bedeutet hatte, als er ziellos, ohne Gedächtnis, nach seiner Entlassung aus dem Aldington Institute herumgewandert war. Denkbar war es.

Von Scham geschüttelt, daß sie ihm jetzt nachspionierte (es gab kein anderes Wort dafür), parkte sie dicht hinter ihm im Schatten eines rostigen alten Chevrolet.

Er saß in dem Kleinwagen, einen Arm auf das offene Fenster gestützt, die Hand vor den Mund gelegt, und starrte über die staubige Straße die armselige Behausung an, in der er seine Jugend verbracht hatte. Was ihn hierhergetrieben hatte, hätte er nicht sagen können. Vielleicht war dieser Besuch in ihm vorprogrammiert seit jenem Augenblick vor so vielen Monaten, als er vom Steuer seines klapprigen Kombi aus zum erstenmal Los Angeles wiedergesehen hatte. Nein, damals hatte er kaum an diese Trostlosigkeit gedacht, hatte wie hypnotisiert auf jenes ferne Ziel am Horizont, auf eine reiche, gesicherte Zukunft gestarrt. Erst als er dieses Ziel erreicht hatte, erst als er Jeff Kenny geworden war, mit allen Konsequenzen, die das mit sich brachte, zog es ihn immer stärker hierher. Gestern abend, mitten in der Party, die seinen Triumph besiegelte, hatte er gewußt, daß seine Schwester in ihrem verschossenen Kleidchen und sein kleiner Bruder Joseph im abgelegten Pullover ihn zurückgerufen hatten. Aber wozu?

Er schüttelte den Kopf, starrte düster auf die Tür, die sich jeden Tag hinter ihm geschlossen hatte, wenn er sich murrend auf den Schulweg machte, die Tür, vor die ihn sein Vater mehr als einmal gesetzt hatte, aus der seine Mutter sich eines Morgens geschlichen hatte, um nie wiederzukehren, aus der er selbst in eine gleichgültige Welt getreten war, mit fünfundzwanzig Dollar, die er einem Sterbenden aus der Tasche gestohlen hatte.

Hinter ihm, in dem neuen, primelgelben Wagen, seinem Geschenk, hinter einem breiten alten Chevy verborgen, hatte Rose plötzlich alles verstanden. Ihr Unbehagen war greifbar geworden, hatte die bloße Neugier überlagert. Sie erinnerte sich:

Sie lagen nebeneinander auf seinem Bett im *Sunset Plaza,* und sie machte ihm Vorwürfe, weil er sich so wenig für sein früheres Leben interessierte. Denk doch mal, hatte sie gesagt, daß es vielleicht Leute gibt, liebe, gute Leute, die glauben, sie hätten ihren Sohn verloren, ihren einzigen Sohn, und die trauern, heute noch. Und dann war dieser erschreckende Ausbruch gekommen: »Vielleicht komme ich auch aus verheerenden Verhältnissen . . .« Und dann – ja, sie hörte noch die Bitterkeit in seiner Stimme: »Vielleicht haben wir in einem dieser verlotterten Reihenhäuser auf der East Side gewohnt. Ich wette, du kennst East Los Angeles nicht, das haut dich um.«

Ehe sie noch recht wußte, was sie tat, war sie aus dem Wagen gestiegen. Über den holprigen Bürgersteig ging sie schnell auf ihn zu.

Wie gern hätte sie innegehalten, wäre zurück zu ihrem Wagen gegangen, eingestiegen und geflohen aus dieser entsetzlichen Straße, geflohen vor den noch entsetzlicheren Gedanken, die sich ihr aufdrängten. Aber das brachte sie einfach nicht fertig. Wenn er tatsächlich hier geboren war, wenn er sie belogen hatte, wenn er sich ihrer bedient hatte, um . . . Der Gedanke war unerträglich, sie wollte ihn jetzt nicht zu Ende denken. Sie wußte nur, daß sie ihm ins Gesicht sehen und eine Antwort fordern mußte. Und in dem Augenblick begriff sie auch, daß sie sich bis zu dieser Stunde bewußt belogen hatte, wenn sie versuchte, sich über ihre Gefühle zu ihm klar zu werden. Sie liebte ihn. Aber ihre Liebe und die drängende Notwendigkeit, sofort eine Antwort zu bekommen, waren untrennbar miteinander verbunden. Ohne eine Antwort konnte ihre Liebe nicht weiterbestehen.

Als sie nur noch ein paar Schritte von seinem Wagen entfernt war, kam aus einem der Häuser eine Frau mit einem Teppich, den sie in aufsteigenden Staubwolken am Zaun auszuklopfen begann. Die plötzliche Bewegung rüttelte ihn auf, er wandte sich um, warf der Frau einen Blick zu und drehte den Kopf wieder weg.

Er wandte den Kopf genau in dem Augenblick, als Rose an der Frau vorbei in sein Blickfeld trat. Aber inzwischen starrte er schon wieder das Haus auf der anderen Straßenseite an. Er sah sie nicht, aber sie sah ihn, während sie sich vorbeugte, um in den Wagen zu schauen. Sie hatte an die Scheibe klopfen wollen, aber jetzt blieb sie wie angewurzelt stehen, mitten in der Bewegung erstarrt. Sie sah im Rückspiegel des Wagens seine Augen. Da er die lästigen Kontaktlinsen herausgenommen hatte, wie stets, wenn er sich vor Beobachtung sicher glaubte, waren diese Augen grau und kalt wie stumpfer Stahl.

Einen wahnwitzigen Augenblick lang dachte sie, es sei alles eine Verwechslung, sie sei einfach dem Falschen nachgefahren. Dann wich sie langsam zurück. Die Frau, die mit Teppichklopfen fertig war, warf ihr einen flüchtigen, gleichmütigen Blick zu. Rose drehte sich um und stolperte zu ihrem Wagen zurück.

15

Der Anruf kam am selben Abend kurz nach sechs. Er hatte sich für das Essen mit Rose schon in einen seiner modischen neuen Anzüge geworfen und plauderte müßig mit Virginia, während Murray ihnen einen Drink mixte. Aus alter lieber Gewohnheit nahm Virginia den Hörer ab. Eine angenehme, gebildete Männerstimme fragte: »Mrs. Kenny? Hier Johnny Adams. Ich habe gerade erst gehört, daß Jeff wieder da ist. Also ich – ich war einfach überwältigt. Meinen Sie, ich könnte ihn kurz sprechen?«

Es war eine nette, vertrauenerweckende Stimme. Der Strom von Anrufen war inzwischen längst abgeflaut, heute waren nur noch drei gekommen. Sie streckte ihm den Hörer hin. »Adams, Johnny Adams.«

Er nahm ihn achselzuckend und machte sich auf die übliche höfliche Routine gefaßt. »Hallo?«

»Jeff? Wie geht's, mein Alter? Was machen die Tricks?« Eine warnende Glocke schrillte Alarm.

»Johnny wer?«

»Auch ein hübscher Name. Hätte ich eigentlich selbst erfinden können. Johnny Wer!« Virginia Kenny hätte die Stimme jetzt nicht mehr so nett gefunden.

»Entschuldigen Sie«, sagte Jeff, »aber Sie wissen ja, ich habe diese Erinnerungslücken, ich kann Sie einfach nicht unterbringen.«

»Also, ich muß ehrlich sagen, Jeff, bei deinen Erinnerungen würde ich mir auch Lücken zulegen.«

Das bedeutete höchste Gefahr. Sein Magen krampfte sich zusammen. Aufgepaßt, nur keine Schwäche zeigen. Auf eine solche Eventualität hatte er sich jahrelang vorbereitet, hatte gründlich trainiert. Er wußte, daß Virginia ihn beobachtete, daß Murray mit Gläsern in der Hand auf ihn zukam, und brachte sogar so etwas wie ein Lachen zustande. »Nein, ernsthaft, ich habe Ihren Namen nicht verstanden. War es Adams?«

»Adams, Ackenbacker, Asshole, nenn mich, wie du willst. Wir müssen uns sehen, haben einiges zu bereden.«

Er nahm das Glas, das Murray ihm hinhielt, und zwang sich zu einem tüchtigen Schluck. »Nämlich?«

»Immer noch das Unschuldslamm, Jeff? Aber an die alten Zeiten kannst du dich natürlich nicht erinnern, wie?«

Er schwankte zwischen zwei Möglichkeiten. Entweder wußte der Anrufer nichts Wesentliches und wollte nur bluffen. Wenn das der Fall war und er die Verabredung ablehnte, löste sich die Geschichte vielleicht in Wohlgefallen auf. Oder aber der Anrufer wußte genau Bescheid, war in jenem ersten Lager gewesen, vielleicht in seiner Baracke, und war durch ein Wunder mit dem Leben davongekommen. Dann war es wichtig, sich sofort mit ihm auszusprechen. Hinhaltend sagte er: »Hören Sie, ich hab für heute abend eine Verabredung –«

»Hast du, alter Junge, und zwar mit mir. Wo treffen wir uns und wann?«

Virginia und Murray unterhielten sich leise. Er war fast überrascht, daß seine Unruhe – noch war es keine Angst – sich ihnen noch nicht mitgeteilt hatte. »Na ja, wenn's sein muß, kann ich Sie dazwischenschieben. Wie wär's mit dem *Beverley Hills Hotel,* Polo-Bar?«

»Sehr passend für dein neues Image. Wann?«

»Sagen wir um halb sieben?«

»Prächtig. Und komm allein, verstanden, sonst wirst du es bereuen.« Die Leitung war tot.

Als er auflegte fragte Virginia: »Wer war denn das? Er hatte so eine nette Stimme.«

»Ein Kriegskamerad.« Es war geradezu ein Witz, daß diese Auskunft Virginia sichtlich beruhigte. In ihren Augen waren für Jeff die Kriegsjahre eine Periode der Sicherheit und der Unschuld, für ihn konnte die Begegnung zur Katastrophe werden.

Er trank sein Glas leer und zog sich in den Gästeflügel zurück. Natürlich waren sofort die Schmerzen wieder da, hielten seinen Schädel wie in einem Schraubstock umklammert. Er schluckte zwei Tabletten, dann rief er Rose an. Meist war sie sofort am Apparat, wie alle Schauspielerinnen, für die das Telefon eine lebenswichtige Einrichtung war, aber diesmal ließ sie es lange läuten. Vielleicht ist sie im Bad, dachte er. Er konnte nicht wissen, daß sie auf dem Bett saß, die Knie angezogen, und gedankenvoll das schrillende Telefon anstarrte. Endlich hob sie den Hörer ab.

»Hör mal, Schatz, es hat sich etwas Unangenehmes ergeben. Leider muß ich dich heute versetzen. Ich hab da so eine Besprechung . . .«

Rose überlegte, ob er sie vielleicht doch gesehen hatte, als sie sich zum Mini-Cooper hinuntergebeugt hatte. Nein, dann hätte er sofort reagiert, die Situation war für ihn zu gefährlich.

»Familienkram, du weißt ja, wie das ist . . .«

Sie wußte nicht, wie es war, sie wußte überhaupt nichts mehr, aber sie antwortete: »Ja, natürlich.«

»Tut mir schrecklich leid, Darling. Ich mach's wieder gut.«

»Ist schon in Ordnung. Ich – ich habe auch einiges zu erledigen.« Das war die reine Wahrheit, wenn sie auch noch nicht wußte, wie die Erledigung ihres Problems aussehen sollte.

Auf halbem Weg hielt er den Ferrari an und lehnte sich zurück. Irgendwie mußte er seine durcheinanderwirbelnden Gedanken ordnen, mußte Abwehrmaßnahmen bedenken. Er war reich genug, um einem Erpresser den Mund stopfen zu können, ohne daß es ihm besonders weh getan hätte. Aber da bäumte sich auch schon alles in ihm gegen den Gedanken auf. Verdammt, er hatte nicht zehn Jahre lang gegrübelt und geplant, um der ersten besten Ratte, die aus der Gosse der Vergangenheit gekrabbelt kam, große Brocken von seiner Belohnung hinzuwerfen. Sehnsüchtig dachte er an seine Luger, die in einem Koffer eingeschlossen und ganz hinten in seinem Kleiderschrank versteckt war. Wenn er sie bei sich hätte – würde er schießen? Seine erste Regung war: nein, auf keinen Fall. Warum nicht, da er doch schon getötet hatte? Sonderbar, wie diese sanfte Tötung ihm noch immer nicht als Mord erschien, sondern viel eher als ein Akt der Erlösung.

Würde er noch einmal töten? Vielleicht, wenn es keinen anderen Ausweg gab. Er schloß die Augen, mobilisierte seine Kraft, um die Wirkung der Tabletten, die er vorhin geschluckt hatte, auf den quälenden Kopfschmerz zu verstärken. Wichtig war, sich zu entspannen, die Dinge auf sich zukommen zu lassen. Sein Verstand, sein Scharfsinn, seine Beharrlichkeit hatten ihn das Ziel erreichen lassen. Er war ein Mann, den man nicht unterschätzen durfte, und sein Gegner, wer es auch war, würde gut daran tun, das zu bedenken.

Jetzt war ihm schon besser. Entschlossen fuhr er hinunter ins Tal, betrat die Bar und ließ sich an einem möglichst abgelegenen Tisch nieder.

Welcher würde es sein? Ray, der Collegeschüler, der den ganzen Tag schweigend und isoliert in seiner Ecke gesessen hatte, schon halb irre, wie manche sagten? Oder der große, sehnige Mike aus den Chicagoer Slums, der bei der erstbesten Gelegenheit Streit anzufangen pflegte? Oder Sam, der Texaner mit seiner Südstaaten-Überheblichkeit, die seine Mitgefangenen so auf die Palme gebracht hatte?

Es war ein echter Schock, als der farblose Mann, der sich Clifford nannte, aus dem Halbdunkel auftauchte, sich einen Stuhl heranzog und sich ihm gegenübersetzte. Verwirrt stellte der neue Jeff Kenny fest, daß er diesen Mann überhaupt nicht kannte.

Die erste Reaktion war eine Welle der Erleichterung. Das Glück war also noch auf seiner Seite, das Glück, das ihn in die Senkgrube des Lagers geschleudert und ihm dadurch das Leben gerettet hatte. Er hätte laut auflachen mögen.

Es war nur verständlich, daß er in dieser unendlichen Erleichterung nicht sofort begriff, um wieviel gefährlicher es war, daß er den farblosen Mann nicht kannte.

Rose hockte noch immer auf dem Bett, die Knie hochgezogen, das Kinn daraufgestützt. So saß sie schon über zwei Stunden. Bei intensivem Nachdenken oder in großer Erregung blieb sie unbeweglich. Sie verstand Menschen nicht, die in Krisensituationen ständig auf- und abtigern mußten.

Immer wieder sah sie die Augen vor sich. Das ganze Problem lag in diesen stahlgrauen, kalten Augen. (Warum waren ihr die Kontaktlinsen nie aufgefallen? So schwierig zu erkennen waren sie nicht. Weshalb hatte niemand sonst sie bemerkt? Natürlich hatte die kalifornische Leidenschaft für Sonnenbrillen ihm da sehr geholfen). Mit dem Blick in die grauen Augen war die schmerzhafte Einsicht gekommen, daß sie ihn liebte. In einer einzigen Minute hatte sie sich diese Liebe eingestanden und sie wieder ausgelöscht. Ja, ausgelöscht, denn wie konnte sie ihn jetzt noch lieben? Wie konnte man einen Mann lieben, den es nicht gab?

Hätte sie an jenem zweiten Abend doch nur auf die leise, zweifelnde Stimme gehört, die ihr zuflüsterte, daß dieser Mann etwas Schauspielerhaftes an sich hatte. Statt dessen hatte sie diesen Verdacht mit Vernunftgründen aus der Welt zu schaffen versucht. (Natürlich war er nicht das, was er vorgab zu sein, natürlich hatte er etwas Schauspielerhaftes an sich, und natürlich wirkte er manchmal sogar wie ein Lügner. Was blieb ihm anderes übrig, dem Ärmsten?)

Durch seine Kriegsverletzung tränten ihm also die Augen? Der Ärmste! Die verdammten Kontaktlinsen drückten, du blinde Rose Maddox!

Kein Wunder, daß er sie so scharf angesehen, kein Wunder, daß er so verstört reagiert hatte, als sie ihm von den Erkundigungen erzählt hatte, die Murray Forde und Virginia Kenny angestellt hatten. Aber, das mußte sie widerwillig zugeben, er war ein phantastischer Schauspieler. Sie dachte an die Szene in Virginia Kennys Haus, das Erkennen des italienischen Spiegels im Treppenhaus, der Sheraton-Vitrinen, an die stockenden Erinnerungen, die dieser Anblick ausgelöst hatte. Eine große Leistung, das mußte sie ihm lassen, trotz allem.

Aber was stand an Wissen, greifbarem Wissen, hinter dieser Leistung?

Es überlief sie kalt. Wenn der Mann mit den stählernen, berechnenden Augen hinter den Kontaktlinsen nicht Jeff Kenny war, wer war er dann? Sie hatte jetzt East Los Angeles gesehen, und es hatte sie, wie er vorausgesagt hatte, »umgehauen«. Wieder regte sich Bewunderung, trotz aller Vorbehalte, aber sie wandte sich entschlossen dunkleren Dingen zu. Um in Jeff Kennys Rolle zu schlüpfen, mußte er wissen, daß Jeff Kenny tot war, und ... Immer wieder standen diese erbarmungslosen grauen Augen vor ihr. Bei ihrem Anblick hatte Furcht sie gepackt. Sie konnte sich durchaus vorstellen, daß dieser Mann fähig war zu töten. Wer war in diesem Falle sonst noch in Gefahr – von ihr einmal abgesehen?

Zorn packte sie, riß sie vom Bett hoch.

Sie war für ihn ebenso ein Mittel zum Zweck gewesen wie der Rokokospiegel und die kostbaren Vitrinen. Er hatte sie ganz bewußt ausgesucht und so vorbereitet, daß sie die Szene im Restaurant ganz nach seinen Wünschen gespielt hatte.

Von Empörung und vielleicht auch ein bißchen Selbstmitleid getrieben, zog sie sich einen Pullover und Jeans über, fuhr sich mit einem Kamm durchs Haar und verließ rasch die Wohnung. Als sie den primelgelben Volkswagen auf der Straße stehen sah, hielt sie inne. Der Zorn wich tiefer Niedergeschlagenheit. Jawohl, sie hatte ihn geliebt, aber was nützte ihnen beiden jetzt noch Liebe?

Der Mann, der sich Clifford oder Johnny Adams, Ackenbacker oder Asshole nannte, fragte: »Okay, wo wollen wir anfangen?«

»Das überlasse ich Ihnen«, antwortete der Mann, der sich Jeff Kenny nannte. Das Gefühl der Erleichterung hatte einem langsamen, erschrockenen Begreifen Platz gemacht. Wenn dieser Mann ihn nicht von Vietnam her kannte – und das stand jetzt fest –, hatte er ihn vor Vietnam gekannt. Er war also ein Bekannter Jeffs.

Plötzlich sah er das verlebte Gesicht der Frau vor sich, die Jeff Kenny einmal als hübsches, fröhliches, junges Mädchen gekannt hatte. »Ja, für dich war es alles ein Heidenspaß, nicht? Alles war ein Kick für dich, du perverses Schwein!« Das Echo dieser Stimme brachte ihm die Gefahr zu Bewußtsein, in der er schwebte. Er begriff jetzt, daß er gewarnt worden war, mehr als einmal, und daß er die Warnungen in den Wind geschlagen hatte.

Der farblose Mann ihm gegenüber erklärte mit ruhiger, monotoner Stimme in einer Mischung aus grausamem Sarkasmus und resignierter Leidenschaftslosigkeit: »Ich habe alle Beweise über dich und Marianna. Wir brauchen uns nur über den Preis zu einigen. Sonst landen sie bei der Polizei.«

An wen erinnerte ihn nur dieser Mann, seine Stimme, seine Haltung? Vorsichtig sagte er: »Ich – dieser Gedächtnisschwund ist keine Masche, es gibt Perioden, an die ich mich überhaupt nicht erinnern kann.«

Die blassen, distanzierten Augen ruhten nachdenklich auf seinem Gesicht. Es war unmöglich zu sagen, ob er ihm glaubte oder nicht. »Eine ganze Menge ist aber inzwischen wiedergekommen, scheint mir.«

»Ja, aber nur, weil meine Mutter und ihre Bekannten mir viel von alten Zeiten erzählt haben.« Er kannte die Antwort, die er damit herausforderte, wußte, daß er sie herausfordern mußte, so erschreckend sie auch sein mochte. Und sie kam prompt: »Dann werde ich dir auch mal ein bißchen von alten Zeiten erzählen, was, Jeffy?«

Sie hatten seinen Wagen genommen und waren in die Hügel hinaufgefahren, die er nicht kannte. »Links abbiegen. Jetzt rechts, noch einmal rechts, beim nächsten Stoppschild links.«

Er fuhr langsam, um sich zu sammeln. An wen, um alles in der Welt, erinnerte ihn dieser farblose Bursche so lebhaft?

»Okay, noch zweihundert Meter. Da, wo der Baum über die Straße hängt, hältst du an.«

Er stellte den Motor ab. Stille. Irgendwo ahmte eine Spottdrossel mißtönend das Schlagen der Nachtigall nach. Er folgte dem Mann steile Stufen hinauf in einen großen Patio. Seit dem Vormittag hatte es sich aufgeklärt. Man hörte ein Düsenflugzeug, das mit blinkenden Lichtern den zehn Meilen entfernten Flughafen ansteuerte. Der westliche Teil der Stadt lag ihnen mit vielfarbig glitzernden Lichterreihen zu Füßen, ein phantastischer Anblick.

Clifford klopfte, und Bart öffnete sofort. Der farblose Mann warf seinem Gast einen bedeutungsvollen Blick zu. »Hübsches Muskelpaket, was?«

»Ja.«

»Berufsringer. Kapiert?«

Die hallende Leere des großen Hauses überraschte ihn. Clifford winkte ihn ins Wohnzimmer und knipste das Licht an. Bart zog sich zurück. Auf dem Boden sah er Zeitungen und Schnellhefter liegen. Ein 16-mm-Filmprojektor thronte auf einer hochkant gestellten Kassette. Erleichtert konstatierte er, daß er seine Fassung wiedergefunden hatte. Aber das Gefühl drohender Gefahr blieb, war womöglich noch stärker geworden. Abwarten, kommen lassen, nachdenken, kommen lassen – und dann erst handeln, predigte er sich.

Der andere nahm einen der Schnellhefter zur Hand, holte ein Foto heraus und streckte es ihm hin. »Marianna.«

Das war also Marianna, ein hübsches, etwas primitives Mädchen, das an einer Wand lehnte und lächelte. Nichts Umwerfendes. Er hätte eigentlich Jeff Kenny einen besseren Geschmack zugetraut.

Clifford streckte ihm ein zweites Foto hin. »Marianna.«

Sein Herz zog sich zusammen und setzte einen Schlag lang aus. Es war zweifellos dasselbe Mädchen, aber auf diesem Bild lag es nackt auf einem Bett, und selbst ein Laie erkannte auf den ersten Blick, daß es nicht schlief, sondern tot war.

»Ein Abzug«, erklärte Clifford ausdruckslos, »von einer der offiziellen Polizeiaufnahmen.«

Etwas in Jeffs Blick mußte den farblosen Mann überzeugt haben, denn er sah ihn jetzt genauer an, prüfend, nachdenklich, und sagte dann: »Verdammt, du erinnerst dich tatsächlich nicht, was?«

»Ich hab's Ihnen ja gesagt.«

»Hm.«

Stumm streckte er dem vermeintlichen Jeff Kenny ein Stück Papier hin, einen Ausschnitt aus der *Los Angeles Times.* »Tote bei Drogenparty«, dröhnte die Schlagzeile. Schnell überflog er den Bericht. »... In den Hügeln von Hollywood ... Noch unidentifiziert ... Das Mädchen wurde von der Gastgeberin Frances (Frankie) Reissler, als sie es am nächsten Morgen wecken wollte, tot aufgefunden ...«

»Eine hübsche Geschichte«, meinte Clifford. »Erzähl mir nicht, daß du nicht einmal mehr weißt, was sie dich gekostet hat?«

Er starrte verständnislos den Zeitungsausschnitt an, hörte Hollys Stimme in dem deprimierenden Haus am Strand: »Geld? Daß ich nicht lache! Das ist dein Schlüssel zu allem, nicht? Geld kauft den Kick, Geld vertuscht die Schweinerei, Geld stopft den Bullen den Mund, und Geld wird der dummen kleinen Holly in den Rachen geworfen, damit sie brav bei ihrem Hasch bleibt und nicht quatschen kann.« Wenn das keine Warnung gewesen war ...

»Wieviel hat Holly gewußt?«

Clifford schnalzte mißbilligend mit der Zunge und schüttelte den Kopf. »Nun hör aber auf mit dem Getue.«

»Ehrlich, ich weiß nichts mehr davon.«

Wieder dieser scharfe, durchdringende Blick, und dann ein resignierter Seufzer. Geduldig erklärte er: »Holly hatte keine Ahnung, wie konnte sie? Ihr habt ja damals nicht mehr miteinander gesprochen, ich glaube, du bist zu der Zeit schon zwei, drei Wochen nicht mehr zu Hause gewesen.«

Er kniete nieder, um eine neue Unterlage aus seinen pedantisch geordneten Akten zu holen. Dabei mußte er seinem vermeintlichen alten Freund den Rücken drehen, und dabei fiel ihm offensichtlich etwas ein. Er sah auf. »Übrigens, damit du dir keine Schwachheiten einbildest: Kopien von dem ganzen Zeug –«, mit einer Bewegung, die Schnellhefter und Projektor umfaßte –, »liegen bei meiner Bank. Falls mir etwas passiert, gehen sie sofort an die Polizei.«

Er richtete sich auf. »Frankie Reissler war in Ordnung. Sie hat nicht gequatscht, nicht mal, als die Bullen sie durch die Mangel gedreht haben. Sie hat dich gedeckt, ich hab' dich gedeckt, und das Geld tat ein übriges. Nicht einmal dein Name ist gefallen. Hier, schau dir das an.«

Er las: »Geschlechtsverkehr mit einem oder mehreren Unbekannten ...«

»Frankie ist jetzt wieder in Deutschland. Es soll ihr dort recht gut gehen. Na, sie war schon immer ein cleveres Mädchen.« Es hörte sich an, als berichte er mit seiner flachen, unbewegten Stimme über die Erfolge seiner Tochter in der Oberschule, ehe er eine gemütliche Kinovorführung im trauten Heim startete. Denn er hatte die Deckenbeleuchtung ausgeschaltet und trat jetzt an den kleinen Projektor heran.

Der kurze Filmabschnitt war schauderhaft, aber etwas Ähnliches hatte er jetzt schon erwartet. Daß bei diesen Parties häufig gefilmt wurde, damit man sich später über die Aufnahmen amüsieren oder sich neu aufgeilen konnte, hatte er schon gelesen.

Zwischen anderen wüsten Gestalten sah man Jeff Kenny und Marianna nackt und offenbar high im Clinch durchs Zimmer schwanken. Dann gab es einen Schnitt und ein paar Nahaufnahmen von ineinander verklammerten Körpern auf einem Bett, das, nach der Überdecke zu urteilen, dasselbe Bett sein mußte, auf dem die Polizei später die tote Marianna fotografiert hatte.

Die Stimme des Vorführers, ungerührt: »Sie haben nicht einen einzigen brauchbaren Fingerabdruck gefunden. Frankie und ich haben da gründliche Arbeit geleistet. Die anderen Mädchen dachten, dein Name sei Perry, und ich sagte, ich hätte dich ganz zufällig in einer Pinte aufgegabelt. Besser hätten wir die Sache für dich gar nicht deichseln können. Jetzt sieh dir das an, ich habe es in Zeitlupe aufgenommen.«

Es war eine einzige kurze Sequenz, aber die Zeitlupe dehnte sie zu einer Ewigkeit und machte alles erschreckend deutlich.

Jeff Kenny erhob sich blöde grinsend vom Bett, und die Kamera fuhr auf das Bett und den Mädchenkörper zu, der dort lag. Es war die gleiche Stellung wie auf dem Polizeifoto, das am nächsten Morgen aufgenommen worden war. Zweifellos war Marianna in diesem Augenblick schon tot.

»Ein gefundenes Fressen fürs Gericht, was?«

Der Filmstreifen war durchgelaufen. Der Mann, der sich Clifford nannte, knipste das Licht an, und sie standen einander in dem kahlen Raum gegenüber und sahen sich an.

Nicht der Mann selbst, nicht die ekelerregende Enthüllung, nicht einmal die Tatsache der nackten Erpressung waren es, die ihn resignieren ließen. Es war die Tatsache, daß er, während der Film lief, begriffen hatte, an wen ihn der Mann so lebhaft erinnerte.

An ihn selbst.

All dies, die säuberlich geordneten Akten, die Zeitungsausschnitte, die Kopien der Polizeifotos, der Film mit der Zeitlupenaufnahme, das leere Haus, der Gorilla, der draußen vor der Tür wartete, für den Fall, daß es Ärger gab, die Duplikate in einer Kassette bei der Bank, die leidenschaftslose Stimme, der kalte Blick in den hellen Augen – all das deutete auf sorgfältige, manchmal gefährliche und immer methodische Arbeit hin, auf genaue Planung, gründliches Nachdenken über einen langen Zeitraum hinweg.

Sie unterschieden sich nur in einem wichtigen Aspekt. Der farblose Mann hatte einen schweren Schlag erlitten, hatte seine Pläne in Nichts zerrinnen sehen, als Jeff Kenny in Vietnam als vermißt gemeldet wurde. Mit was für unbeschreiblichen Gefühlen mußte er am Vortag Dan Harraps vier Absätze in der *Sunday Times* gelesen haben!

»Ein gefundenes Fressen fürs Gericht, was?« Die Stimme war nicht grausam, nur eine Spur ironischen Vergnügens schwang in ihr. Sie war unbeteiligt, so unbeteiligt wie die blassen Augen, so unbeteiligt, wie er selber gewesen war, selbst bei dem Mord an Jeff Kenny. Unbeteiligt konnte er Jeff Kennys Tochter umarmen und Jeff Kennys Mutter küssen. Wir sind die Unbeteiligten, dachte er, die einzig und allein von ihrer fixen Idee Besessenen. Und in diesem Augenblick sah er die Klapperschlange vor sich, die den Kopf hob und auf ihn zuschoß.

Rose stand neben Virginia Kenny und Murray Forde in dem schönen, großzügigen Wohnzimmer des Upper Canyon Circle Nummer 234. Sie kam sich in ihren abgetragenen Jeans und dem alten Pullover sehr unangebracht vor, aber auch das gehörte irgendwie dazu. In dieser schrecklichen Situation, die sie ihrer Ehrlichkeit zu verdanken hatte, fiel sie in jeder Beziehung aus dem Rahmen.

Ihre Ehrlichkeit – das war jetzt alles, woran sie sich noch halten konnte. Ihrem funkelnagelneuen, primelgelben Wagen hatte sie Lebewohl gesagt. Auf den Fahrersitz hatte sie einen gelben Umschlag mit dem Geld gelegt, das nach dem Kauf übriggeblieben war. Sie würde im Taxi nach Hause fahren.

Sie hatte ihnen alles erzählt, was sie wußte, rasch und ohne Umschweife, wobei sie sich sorgsam auf Fakten beschränkte. Es war eine kurze Rede gewesen, sehr viel kürzer als gedacht. Denn im Grunde wußte sie wirklich nicht viel. Ihre beiden Zuhörer hatten ganz verschieden reagiert. Murray hatte sich zu einem Wutausbruch hinreißen lassen. Virginia war ruhig und reserviert geblieben, aber ihr Gesicht wirkte plötzlich alt und verfallen. Rose hatte es einen Stich gegeben; so hatte sie an jenem ersten Abend bei *Scotty's* ausgesehen, als sie ihren Sohn zu erkennen glaubte. Und war das nicht verständlich? Weshalb sollte die Zerstörung dieses neuen Jeff Kenny nicht den gleichen Ausdruck der Qual hervorrufen wie seine Wiedergeburt?

»Tut mir leid«, wiederholte sie. »Es tut mir schrecklich leid, aber ich – ich habe den ganzen Nachmittag darüber nachgedacht, und ich glaube, ich hätte nicht anders handeln können.«

»Nein«, sagte Virginia ruhig. Ihre Stimme war kaum wiederzuerkennen. »Sie hätten – Sie hätten wirklich nicht anders handeln können.«

Mühsam brachte Murray die ersten zusammenhängenden Worte heraus.

»Und – und Sie sind Ihrer Sache ganz sicher?«

Rose machte eine Handbewegung, und er setzte schnell hinzu: »Natürlich sind Sie Ihrer Sache sicher, es ist für Sie ebenso schlimm wie für Virginia. Sie –« Er sah sich ziemlich verlegen in dem stillen Zimmer um. Rose führte den Satz für ihn zu Ende. »Ich habe ihn geliebt. Ja, ich glaube, das kann man sagen.«

Virginia Kenny stieß einen leisen Laut aus, wie ein ersticktes Schluchzen, wandte sich ab und lehnte sich an den Flügel. Genau über ihrem gebeugten Kopf hing das Porträt von Cass, das ihr Sohn – das *er* – so gekonnt »wiedererkannt« hatte.

»Was für ein Halunke«, sagte Murray, und Rose hörte deutlich den bewundernden Unterton. »Was für ein gerissener Halunke!«

Sie seufzte. »Ja, gerissen war er, das muß man ihm lassen.«

»Na, wenn er hier eintrudelt und sich der Polizei gegenübersieht, nützt ihm seine Gerissenheit nicht mehr viel.« Er griff zum Telefon.

»Nein, Murray«, sagte Virginia, ohne sich umzudrehen.

»Aber –«

»Nein.« Sie wandte den Blick vom Bild ihres Mannes ab und sah über die Schulter den großen, wütenden Mann hinter sich an. Ihr Gesicht war so hart wie ihre Stimme.

»Aber verdammt noch mal, Virginia«, brach es aus Murray heraus. »Der Bursche ist ein Verbrecher, er hatte es auf dein Geld abgesehen.«

»Dieser Gedanke war mir auch schon gekommen.« Zum Glück war Murray Forde taub für jede Ironie.

»Er hat diesen Plan erarbeitet, er hat ihn kaltblütig ausgeführt. Wie kommt es, daß er so viel über Jeff weiß? Wie kommt es, daß –«

»Sie waren zusammen im Gefangenenlager, soviel ist klar«, sagte Rose.

Murray war noch nicht zufrieden. »Und wieso hat er Jeffs Medaillon?«

Virginia Kenny nickte. Rose erinnerte sich, wie sie in dem kleinen Salon bei *Scotty's* das Medaillon unter seinem Hemd hervorgezogen hatte und wie die Frau bei dem Anblick des Anhängers ohnmächtig vom Stuhl gesunken war. Virginia nickte noch einmal. »Ja, es gibt viele Fragen, die er wird beantworten müssen.« Sie sah den zornigen Murray an. »Aber *wir* werden sie stellen und nicht die Polizei.«

»Sei nicht albern, Virginia. Er wird nicht antworten, er wird –«

»Die Polizei kommt mir nicht ins Haus!«

»Er hat uns schon einmal an der Nase herumgeführt, er wird es wieder tun. Was ist denn eigentlich los mit dir? Kapierst du nicht, mit was für einem Menschen wir es zu tun haben?«

»Das begreife ich vielleicht besser als du.«

»Es ist unsere Bürgerpflicht . . .«

»Unsinn, Murray. Und hör auf zu brüllen, du weckst noch Chris.«

»Das kann er nicht, ich bin schon da.« Beim Klang der klaren jungen Stimme fuhren sie alle herum, Erwachsene, die man bei ihren Heimlichkeiten ertappt hatte. Sie kam barfuß, im Pyjama, von der dunklen Halle herein.

»Wie lange bist du schon da draußen?« fragte Virginia ärgerlich.

»Ich hab' alles gehört, falls du das meinst.« Die erstaunlichen blauen Augen wanderten über das sichtbar gealterte Gesicht ihrer Großmutter, über Murrays zornrote Züge und hielten dann Rose fest, die sich am liebsten vor so viel Kälte und unverkennbarer Verachtung in ein Mauseloch geflüchtet hätte.

»Was bist du doch für eine dumme Ziege«, sagte Chris.

»Marsch zurück ins Bett, Chris, ich rede später mit dir.«

Sie ignorierte ihre Großmutter völlig. »Du hast gesagt, daß du ihn liebst. Warum konntest du dann nicht den Mund halten, so wie ich? Ich weiß schon lange, daß er ein Schwindler ist.«

Die drei Erwachsenen waren fassungslos. Endlich brachte Virginia heraus: »Du – du hast es gewußt?«

»Natürlich. Am zweiten Tag hab' ich sein Zimmer durchsucht.«

»Du –«

»Da ist doch nichts weiter dabei, oder? Ich weiß, daß du mein Zimmer auch durchsuchst.«

»Chris, ich habe nie –«, setzte Virginia an.

»Damals, als du das blöde Buch gefunden hast, das Lorene mir geborgt hatte, mit all den Stellungen . . .«

Stille.

»Ich hab' sein Zimmer durchsucht, und da hab' ich sie gefunden, in einem eingerollten Paar Socken versteckt. Ich verstecke auch Sachen in Socken.«

»Was – was war darin versteckt?«

»Das zweite Paar Kontaktlinsen natürlich. Braune. Ich hab' gar nicht gewußt, daß man sie auch farbig kriegen kann.«

Sie sah wieder Rose an. »Erwachsene sind wahrscheinlich alle doof, aber du –« Sie schüttelte den Kopf. »Du bist einfach oberdoof.«

Virginia beschloß, energisch zu werden. Sie machte einen Schritt auf Chris zu. »Sei nicht albern, Chris. Rose hat sich sehr anständig benommen.«

Vielleicht hatten sie alle noch nicht begriffen, wie zornig das Kind war. Es wich der Großmutter mit Leichtigkeit aus und schrie: »Anständig? Warum redet ihr alle solchen Quatsch. Was macht es schon, wenn er nicht mein richtiger Vater ist, wo wir ihn doch alle liebgehabt haben?«

Virginia sah hilflos Murray an, der auf das wütende Kind losging.

»Du faßt mich nicht an, du blöder Sack. Du erkennst ja nicht mal 'ne Klapperschlange, wenn du auf eine trittst.« Sie machte einen behenden Satz über ein großes Sofa, schob es als Barrikade zwischen sich und die Erwachsenen und schleuderte ihnen über die Lehne hinweg entgegen: »Warum müßt ihr immer alles kaputtmachen? Kaum kriegt ihr was Gutes in die Hände, da macht ihr es mausetot. Und quasselt bloß nicht von Anstand, ihr wißt ja alle nicht, was das ist. Okay, ich gehe schon«, fuhr sie Virginia an, die gerade den Mund aufgemacht hatte.

Sie sahen ihr nach, wie sie durch die Halle lief und dabei einmal über ihren Pyjama stolperte, der bei dem Hechtsprung über das Sofa ein bißchen gerutscht war, wie sie langsam die Treppe hinaufging und in der Dunkelheit verschwand.

Das Schweigen lastete. Virginia hatte sich wieder dem Flügel zugewandt und starrte gedankenversunken die Tasten an. »Du glaubst doch nicht wirklich«, fragte Murray stockend, »daß sie es gewußt hat?«

Virginia wandte sich nicht um. Sie seufzte. »O doch, sie hat es gewußt. Chris lügt nicht.«

Murray sah begehrlich zum Telefon, dann fiel sein Blick auf

Rose. Er hatte das dunkle Gefühl, daß hier wohl eine Entschuldigung angebracht war, und da Virginia keine Anstalten machte, eine vom Stapel zu lassen, stotterte er: »Tut mir leid. Die Kleine ist ein bißchen durcheinander. Ich glaube, sie mochte ihn sehr gern.«

»Wir hatten ihn alle sehr gern«, murmelte Virginia, noch immer auf die Tasten starrend. »Auch du, Murray.« Sie streckte einen Finger aus und tippte auf das C, als könnte dieser Mittelpunkt aller Harmonien auch in diesen Raum, auch in ihr Leben die Harmonie zurückbringen.

Er hätte später nie zu sagen gewußt, wohin er fuhr, nachdem er das leere Haus in den Hügeln verlassen hatte. Kurvenreiche Straßen führten ihn hinunter zum Sunset Boulevard. Dunkel erinnerte er sich daran, an der Universität vorbeigefahren zu sein, an dichten Verkehr in Westwood, und dann war er plötzlich irgendwo in Culver City und fuhr in Richtung Süden.

Seine Gedanken waren ähnlich richtungslos, und wohin sie auch gingen, immer kamen sie wieder auf einen Tatbestand zurück. Dieser Tatbestand war sehr einfach: Er saß in der Falle, in einer Falle, gestellt von diesem leidenschaftslosen und erschreckend farblosen Mann, in die Falle gelockt durch seine eigene Gerissenheit, in die Falle gelockt von Jeff Kenny selbst, der nie der Mann gewesen war, für den er ihn gehalten hatte.

Es hatte keinen Zweck, ziellos herumzufahren, keinen Zweck, nachzudenken, einen Ausweg zu suchen. Es gab keinen Ausweg. Er war erledigt. Bis morgen mittag mußte er 250 000 Dollar abheben, die erste von vier Raten, das Geld in eine Aktentasche stecken und sie dem farblosen Mann in der Bar des *Beverley Hilton* übergeben.

Warum hatte er nur keine Tabletten mitgenommen? Sein Kopf drohte zu bersten. Abwechselnd schüttelten ihn rasende Wut und schmerzende Hilflosigkeit.

In dieser Hölle verzweifelter Gedanken erkannte er nicht sofort die kleine Gestalt, die plötzlich im Scheinwerferkegel vor ihm auf der Straße auftauchte, ihm zögernd entgegensah und ihm dann, als der Wagen unter einer Straßenlampe vorbeifuhr und deutlich zu erkennen war, dringlich winkte, anzuhalten. Es war Chris, in Jeans und Anorak.

Das brachte ihn mit einem Ruck wieder in die Gegenwart und ihre Probleme zurück. Er versuchte, sich schnell wieder in Jeff Kenny zu verwandeln, während er bremste, die Beifahrertür öffnete und so überrascht wie möglich rief: »He, was treibst du denn noch hier? Du solltest längst im Bett liegen!«

Joanne Christina antwortete nicht. Sie griff in die Büsche hinter sich, holte einen Koffer heraus, einen seiner Koffer, den sie in den Fond warf, fiel neben ihm in den Beifahrersitz und keuchte: »Fahr weiter, fahr nicht nach Hause.« Ihre verzweifelte Dringlichkeit teilte sich ihm sofort mit. »Was redest du da?«

Während sie die Straße hinauf in Richtung Mulholland fuhren, erklärte es ihm Joanne Christina.

Im Upper Canyon Circle Nummer 234 hatte sich Virginia Kenny endlich vom Flügel gelöst. Rose hatte sich auf eine Sessellehne gehockt und goß den großen Brandy hinunter, den Murray ihr aufgedrängt hatte. Zögernd bot er auch Virginia ein Glas an, aber sie schüttelte den Kopf. Sie sah Rose an.

»Es ist schon etwas dran an dem, was Chris gesagt hat«, erklärte sie leise.

»Jetzt erzähl mir bloß nicht, du hättest gewußt, daß es nicht Jeff war«, keuchte Murray.

»Gewußt habe ich nichts.« Nur Rose fiel die leichte Betonung des ersten Wortes auf. Virginia überlegte. »In gewisser Weise war das, was geschehen ist, meine Schuld. Nein, Murray, bitte unterbrich mich nicht, es ist mir sehr wichtig.«

Sie preßte die langen, schlanken Finger an die Stirn, als sei es dadurch leichter, die Gedanken zu formulieren, die so schwer auszudrücken waren. »Ich habe ihn zu sehr herbeigesehnt, habe nie an seinen Tod geglaubt. Ich wollte ihn aus Selbstsucht zurückhaben, und das ist die Strafe.«

Murray konnte sich nicht mehr beherrschen. »Es ist einfach idiotisch, Virginia, daß du dir Vorwürfe machst, weil –«

»Murray, ich bitte dich! Ich muß es loswerden, jetzt, solange ich noch kann.« Die Qual in ihrer Stimme brachte ihn zum Schweigen.

»Ich mache mir Vorwürfe, weil meine Beweggründe egoistisch waren, verstehst du? Ich war – ich war schuldig, und ich wollte die Schuld auslöschen.« Sie sah ihren Zuhörern an, daß sie es nicht begriffen, und zwang sich zu einer Erklärung. »Ich habe ihn verwöhnt, als er noch ein Junge war, ich habe ihm alles gegeben, was er wollte, alles, worauf es nicht ankam. Nur keine Liebe. Ich habe seinen Vater zu sehr geliebt, da blieb nichts mehr für Jeff übrig.« Sie seufzte tief und hob die schönen Hände. »Deshalb bin ich verantwortlich für das, was aus ihm geworden ist.«

Sie sah Rose an. »Murray weiß, daß er nicht immer ein braver Junge war. Nein – ich muß es konkreter sagen. Er konnte –« Es kostete sie große Anstrengung, aber sie brachte es heraus. »Er konnte böse und gemein sein.«

Rose merkte, daß Murray, der loyale, liebevolle Murray, wieder kurz vor einer Explosion stand.

»Ich muß euch das sagen, und ihr werdet auch gleich einsehen warum«, fuhr Virginia fort. »Jeff war ein Egoist, er hatte zu viel Geld, für einen Nervenkitzel tat er alles. Da war es wohl unvermeidlich, daß er in die Drogenszene hineingeriet. Es gab eine dieser berüchtigten Orgien. Ein Mädchen starb.«

Murray stieß einen leisen Laut aus, und sie sah ihn schnell an. »Du hast es nicht gewußt? Ich war nie sicher; das ist das Schreckliche, daß man nie sicher ist, wer was weiß. Jeff hat sie umgebracht, daran besteht kein Zweifel. Nicht absichtlich. Er war – ausgeflippt.« Sie benutzte den Ausdruck nur mit größter Überwindung. »Er hat gewissen Leuten, die ihn deckten, viel Geld gezahlt.«

Sie drehte sich um, lehnte sich wieder an den Flügel, als könne sie ihnen jetzt, da sie zum kritischen Punkt kam, ihr Gesicht nicht zeigen. »Ich habe ihm nie Vorwürfe gemacht, denn es war ja mit meine Schuld. Deshalb wollte ich wohl nicht an seinen Tod glauben, deshalb wünschte ich ihn mir so sehr zurück. Ich wollte alles zwischen uns in Ordnung bringen, ich wollte ihm die Liebe schenken, die ich ihm vorenthalten hatte. Und als er dann tatsächlich zurückkam, ohne Erinnerung an die schrecklichen Dinge, die er getan hatte, ohne Erinnerung an das, was er einst gewesen war . . .« Sie ließ den Satz in der Luft hängen. »Und trotzdem«, fügte sie hinzu, »hatte ich Angst, schreckliche Angst, daß ihm alles wieder einfallen und er sein früheres Leben wieder aufnehmen könnte.«

Sie sah Rose und Murray an. Ihr Gesicht wirkte jetzt sehr alt. »Manchmal«, fuhr sie fort, »glaube ich, Gott erhört unsere Gebete nur, um uns zu zeigen, wie selbstsüchtig wir in Wirklichkeit sind.« Sie ging auf Rose zu. »Ich werde jetzt etwas Schlimmes sagen. Sie wissen es schon?«

Rose nickte. »Sie sind froh, daß es nicht Ihr Sohn war, sondern ein Betrüger, der zurückgekommen ist.«

Virginia schlug die Hände vors Gesicht. »Ja, so ist es. Als Sie herkamen und uns diese – diese unglaubliche Geschichte erzählten, hätte ich weinen, das Herz hätte mir brechen müssen. Aber ich – ich empfand nur eine unheimliche Erleichterung.«

Rose wandte unvermittelt den Blick ab. Die ältere Frau streckte die Hand aus, zögerte, berührte dann sanft das junge Gesicht, drehte es zu sich herum, so daß sie Rose in die Augen sehen konnte. »Es tut mir leid«, sagte sie. »Es tut mir bitter leid, daß Sie ihn geliebt haben. Machen Sie sich keine Vorwürfe. Er war – liebenswert. Im Gegensatz zu meinem Sohn.«

Sie schwieg einen Augenblick, dann sah sie Murray an. »Begreifst du jetzt, warum wir nicht die Polizei rufen werden? Und ich hoffe, ich wage zu hoffen, daß keiner von uns je darüber reden wird.«

Leise, fast ungläubig fragte Murray: »Und er soll ungestraft davonkommen?«

»Ja.«

»Aber die Leute werden denken –«

»Die Leute werden denken, daß Jeff mit uns nach Europa geht.«

Dem Mann gab es einen Ruck. Virginia Kenny lächelte. »Ja, Murray, Chris und ich fliegen am Donnerstag mit dir ab.«

Er hatte den Ferrari genau dort angehalten, wo er so oft seinen alten Kombi geparkt hatte, wenn er Nummer 234 beobachtet hatte. Chris betrachtete sein Gesicht im schwachen Licht der Stadt, deren Lampen und Leuchtzeichen bis zu ihnen hinaufstrahlten. »Ich mußte mich beeilen«, sagte sie. »Ich hab' nur schnell ein paar Sachen eingepackt, die du brauchst, dein Rasierzeug und deine Kopfschmerztabletten, deinen schicken Ledermantel, Unterwäsche, Hemden. Ich glaube, an Schuhe hab' ich auch gedacht.«

Er nickte, in Gedanken weit fort, mit verschlossenem Gesicht.

Er machte Rose keinen Vorwurf. Sie hatte so handeln müssen, und gerade deshalb war sie die richtige für seinen Plan gewesen. Er war froh, daß er sie nicht gesehen hatte, als sie ihn dabei ertappt hatte, wie er ohne Kontaktlinsen das Haus anstarrte, in dem er als Kind gelebt hatte. Er wäre vielleicht sogar versucht gewesen, sie zum Schweigen zu bringen, und wie vergeblich wäre das gewesen in Anbetracht der Überraschung, die der farblose Mann aus seinem Koffer gezaubert hatte.

Er wandte den Kopf und sah das Kind neben sich an.

»Sie hetzen mir nicht die Polizei auf den Hals?«

»Nein. Wenn sie es sagt, kann man sich darauf verlassen.«

»Warum nicht?«

»Weil sie dann ganz schön dumm dastehen würden«, antwortete Chris sachlich, ohne damit die ganze Wahrheit zu treffen. »Was willst du jetzt machen? Wohin fährst du?«

Er zuckte die Achseln und betrachtete das glatte Kindergesicht. Für Gewissensbisse war es jetzt zu spät. Dieses Kind – und auch Rose – hatten Gefühle in ihm geweckt, die er vorher nicht gekannt hatte. Er hatte nach sechzehn Jahren um seine Jugend geweint. Vielleicht würde es wieder sechzehn Jahre dauern, bis er um das weinen konnte, was er mit Rose und Joanne Christina verlor. Mit nicht ganz sicherer Stimme sagte er: »Du bist ein großartiges Mädchen, Chris. Der Mann, der dich mal kriegt, ist ein Glückspilz.«

Sie wandte den Blick ab. »Natürlich würde ich am liebsten mitkommen, aber . . .« Sie sah die Wirklichkeit ebenso nüchtern wie er, sie wußte, daß es nichts genützt hätte, wenn sie ihn angefleht hätte, sie mitzunehmen. Er nahm ihre kleine, weiche, noch ungeformte Hand. »Wir haben uns immer gut verstanden.«

»Und ob!«

Er wußte, daß sie besonders an den Tag in der Wüste, den Tag der Klapperschlange dachte. Nun hatte er seine Antwort doch noch bekommen, durch Rose und den farblosen Mann. Schade, daß er die Klapperschlange hatte töten müssen.

»Hier ist Geld«, sagte Chris.

Er sah den gelben Umschlag an, den sie ihm entgegenstreckte. »Rose hat den Wagen bei uns stehen lassen, den Käfer, weißt du, den du ihr geschenkt hast. Das da lag auf dem Sitz.«

Er lächelte kopfschüttelnd. Diese Rose . . . Hoffentlich würde Virginia sie überreden, den Wagen zu behalten. Er wußte genau, wieviel in dem Umschlag war. »Vielen Dank. Das kann ich gut gebrauchen.« Schade, daß er nicht noch Jeff Kennys Bankkonto abräumen konnte. Aber wahrscheinlich war es schon gesperrt.

»Vielleicht«, sagte sie, »vielleicht sehen wir uns mal wieder. Ich meine – so was gibt es. Manchmal.«

»Manchmal.«

Die blauen und die grauen Augen, die beide so wenig Illusionen hatten, trafen sich, hielten sich fest. »Manchmal« – mehr Hoffnung blieb ihnen nicht, wenn sie ehrlich waren.

Er ließ den Wagen im Leerlauf die Straße hinunterrollen und bremste kurz vor dem Anfang des Upper Canyon Circle. Sie sahen sich noch einmal an, lange, prüfend. Dann stieg Chris aus. »Da fällt mir noch was ein. Warst du das, der Bartmensch, der mir damals am Strand von Malibu gefolgt ist?«

»Ja.«

»Hab' ich mir gedacht.«

»Chris, warum hast du mein Zimmer durchsucht? Hast du mir nicht getraut?«

»Ich traue niemandem.«

»Gar kein schlechter Grundsatz.«

»Das hat gar nichts mit Liebe oder so zu tun. Ich hab' dich ebenso liebgehabt, vielleicht sogar noch mehr, als ich wußte, daß du ein Schwindler bist.«

»Leb wohl, Chris.«

»Tschüs. Und alles Gute.«

Er löste die Handbremse, und der Wagen rollte den Abhang hinab. Chris winkte noch einmal, dann verschwand er in der Dunkelheit. Das Haus, das hatte sie mit einem schnellen Blick festgestellt, war viel zu hell für die späte Stunde. Das Empfangskomitee war also schon angetreten und wartete auf ihn, erwartete Antworten auf all die komplizierten und unnötigen Erwachsenenfragen, die sie sich ausgedacht hatten.

Plötzlich konnte sie sich nicht mehr rühren. Erst nachdem der Wagen fort war, wurde ihr der Verlust in seiner ganzen Tragweite bewußt. Die Tränen waren bedrohlich nah. Allein in der dunklen Einfahrt stehend, kämpfte sie dagegen an, mit jeder Faser ihrer schon jetzt beachtlichen Willenskraft. Daß sie den Kampf gewann, war ein Beweis dafür, wie weit sie in den letzten Wochen die Kindheit hinter sich gelassen hatte. Tränen hätten ihr den Auftritt kaputtgemacht, auf den sie sich vorbereitete. Mit Tränen wäre sie einfach ein kleines Mädchen gewesen, das endlich aus der Nacht nach Hause zurückkommt. Ohne Tränen war sie Joanne Christina Kenny, schon sehr auf die Gesichter gespannt, die sich ihr zuwenden würden, wenn sie in die Falle tappte. Allein.

Der Umschlag enthielt 1745 Dollar. In seiner Tasche hatte er noch 120 Dollar und ein paar Cents. Gesamtbetrag: 1865 Dollar.

Er lächelte. Jetzt besaß er fast genau die gleiche Summe wie an dem Tag, als er aus Denver zurückgekommen war, um die letzte Phase seines Plans zu starten. Die Differenz betrug zehn Dollar – ein kleiner Preis für einen großen Erfahrungsschatz. Nur ein Zufall hatte ihn davor gerettet, sich als Betrüger und vielleicht sogar als Mörder vor Gericht verantworten zu müssen. Aber nur ein Zufall hatte es auch so eingerichtet, daß er ausgerechnet Jeff Kenny so ähnlich war und daß es verheerende Folgen haben mußte, einem Jeff Kenny zu ähneln.

Wie blind er gewesen war! Holly, die arme, unglückliche Holly hatte ihn deutlich gewarnt, und er hatte ihre Warnung in den Wind geschlagen, wie ein Dutzend Warnungen vorher und nachher. Erst der widerliche Film, der in dem verlassenen Haus an ihm vorübergeflimmert war, hatte ihm klargemacht, daß der Versuch, Jeff Kenny zu werden, von vornherein zum Scheitern verurteilt war. Aber dieser Film und die Begegnung mit dem farblosen Mann hatten ihn gleichzeitig auch aus dem schrecklichen Gefängnis von Kennys Vergangenheit befreit.

Mit tiefer Befriedigung betrachtete er Cliffords Gesicht, als er verabredungsgemäß um zwölf die Bar betrat, aber gegen die Verabredung ohne die Aktentasche mit der ersten Viertelmillion. Die blassen Augen wurden weit, das farblose Gesicht spannte sich, und er spürte ein beispielloses Triumphgefühl. Die Rache war kurz, aber süß.

Nur mit Mühe seine Wut und wohl auch seine Furcht verbergend, brachte Clifford heraus: »Wo ist es?«

»Wo ist was?« Er nahm die Sonnenbrille ab.

Die Wirkung war noch sensationeller, als er erwartet hatte. Beim Anblick dieser kalten grauen Augen, die entschieden nicht die Augen von Jeff Kenny waren, schnappte der farblose Mann hörbar nach Luft und griff sich mit einer blassen Hand an die Brust.

Sein Gegenüber stand genüßlich auf und fügte hinzu: »Sie können Ihre Trickkiste auf den Schrotthaufen werfen, Mr. Adams, Ackenbacker oder Asshole. Sie nützt Ihnen nichts mehr.«

»Wer – wer, zum Teufel, sind Sie?«

»Jedenfalls nicht Ihr alter Freund Jeff Kenny. Der ist tot.«

Er ließ das Hotel, ließ Los Angeles hinter sich, und fuhr erst einmal nach Südosten. Zum erstenmal seit zehn Jahren fühlte er sich frei, denn zum erstenmal seit zehn Jahren hielt seine fixe Idee ihn nicht mehr gefangen.

Er rollte schon durch die Wüste, als ihm das Medaillon einfiel, das er noch trug. Er hatte Chris bitten wollen, es ihrer Großmutter zu geben, aber er war jetzt froh, daß er es nicht getan hatte. Es war besser, wenn nichts mehr an diese unselige Geschichte erinnerte.

Er nahm die Kette ab und schleuderte sie mit aller Kraft weit in die Wüste hinein. Vielleicht fand jemand das Medaillon, vielleicht blieb es dort liegen, bis der Wüstensand es zudeckte, ein goldenes Auge, das in das gelbe Auge der Sonne blickte, ein Versöhnungsopfer an die Klapperschlange.